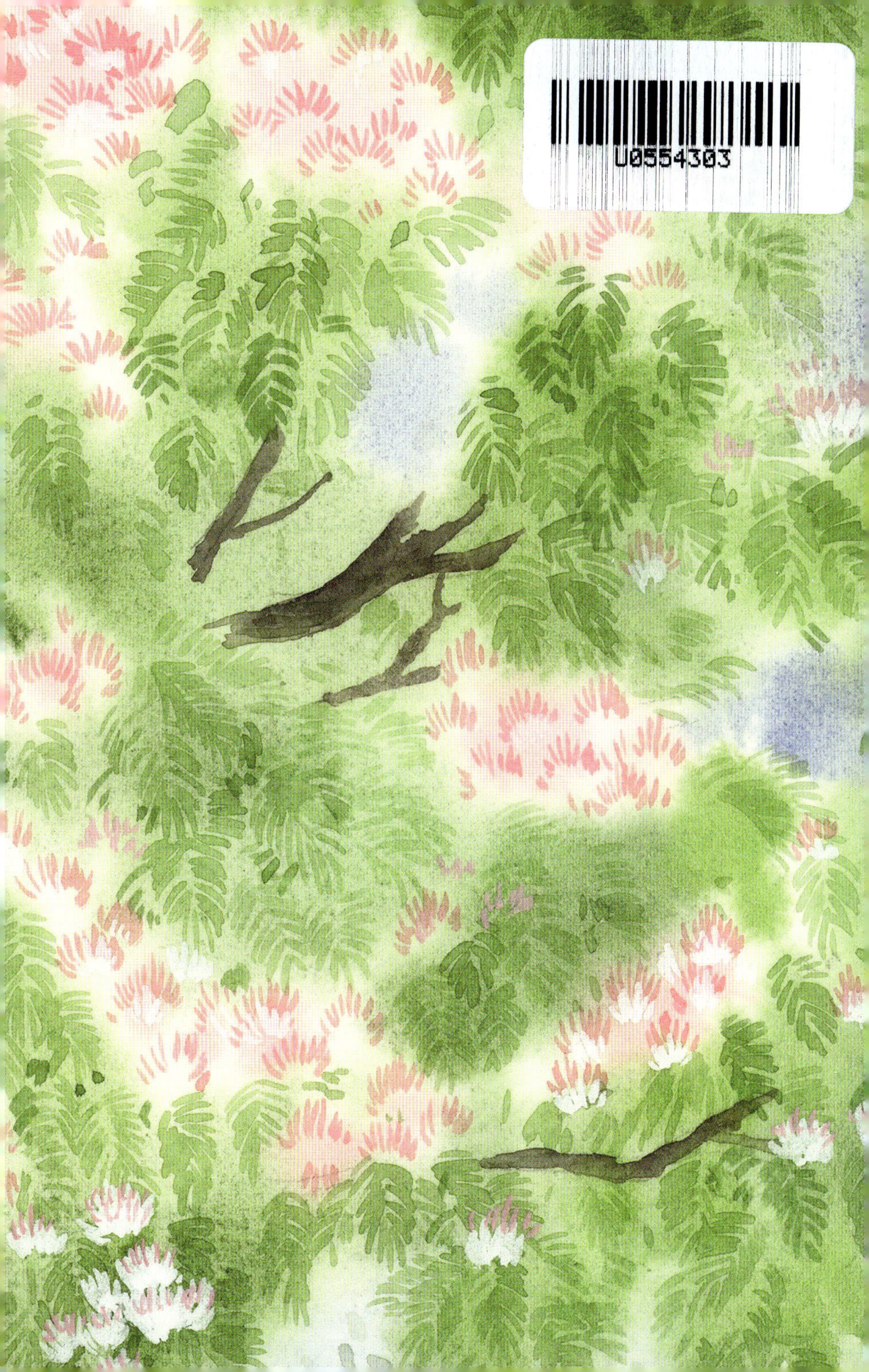

西风多少恨吹不散眉弯

纳兰容若词传

白落梅 著

来日重逢
恰似故人归

白落梅
壬寅年六月廿二 梅庄

图书在版编目（CIP）数据

西风多少恨 吹不散眉弯：纳兰容若词传/白落梅著．—北京：人民文学出版社，2022
ISBN 978-7-02-017205-4

Ⅰ.①西… Ⅱ.①白… Ⅲ.①纳兰性德（1654—1685）—词（文学）—文学欣赏②纳兰性德（1654—1685）—生平事迹 Ⅳ.① I207.23 ② K825.6

中国版本图书馆CIP数据核字（2022）第084483号

责任编辑	付如初
装帧设计	刘 远
责任印制	宋佳月

出版发行	人民文学出版社
社　　址	北京市朝内大街166号
邮政编码	100705

| 印　　刷 | 北京盛通印刷股份有限公司 |
| 经　　销 | 全国新华书店等 |

字　　数	137千字
开　　本	850毫米×1168毫米　1/32
印　　张	9.75　插页4
版　　次	2022年9月北京第1版
印　　次	2022年9月第1次印刷

| 书　　号 | 978-7-02-017205-4 |
| 定　　价 | 58.00元 |

如有印装质量问题，请与本社图书销售中心调换。电话：010-65233595

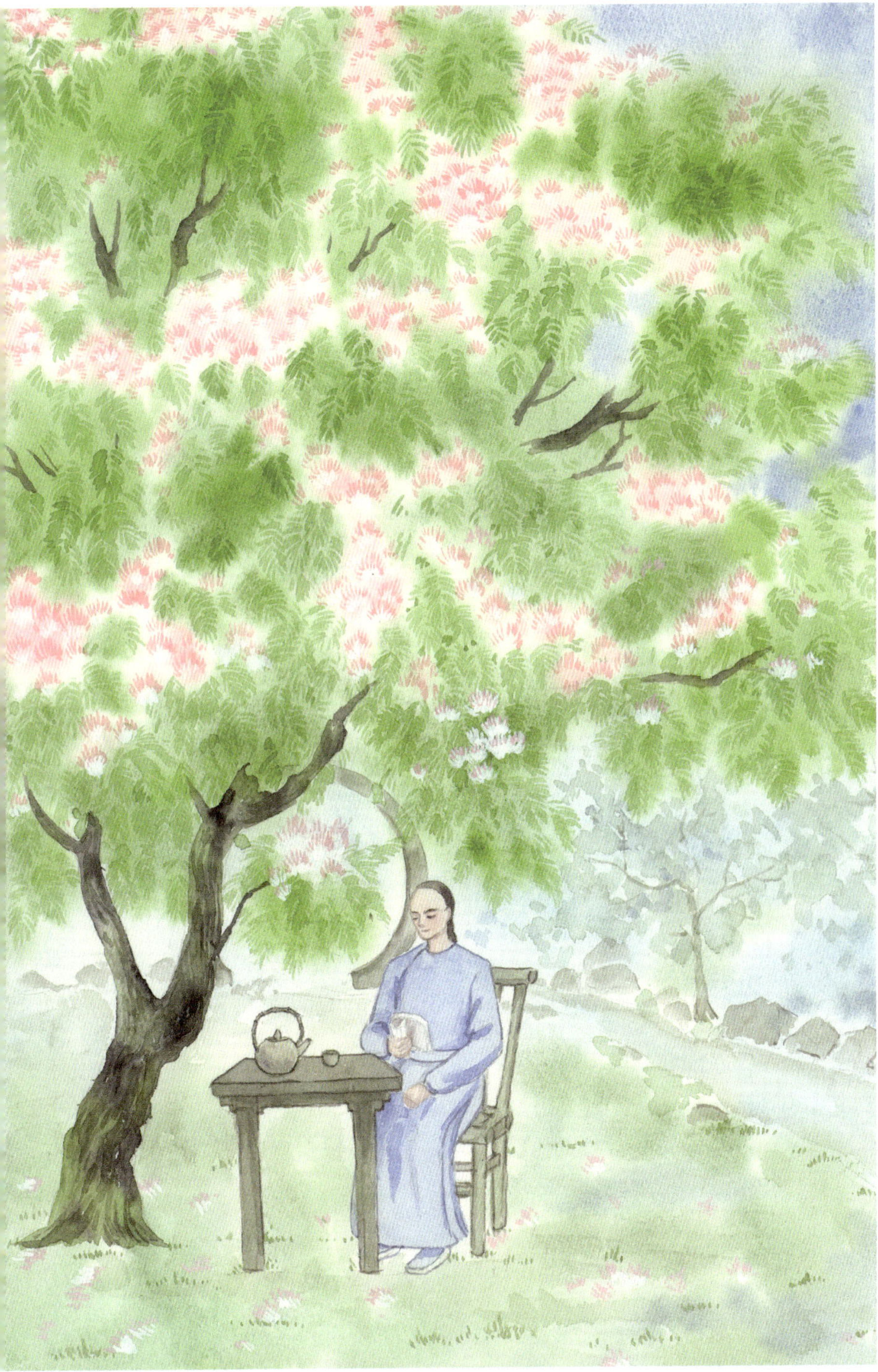

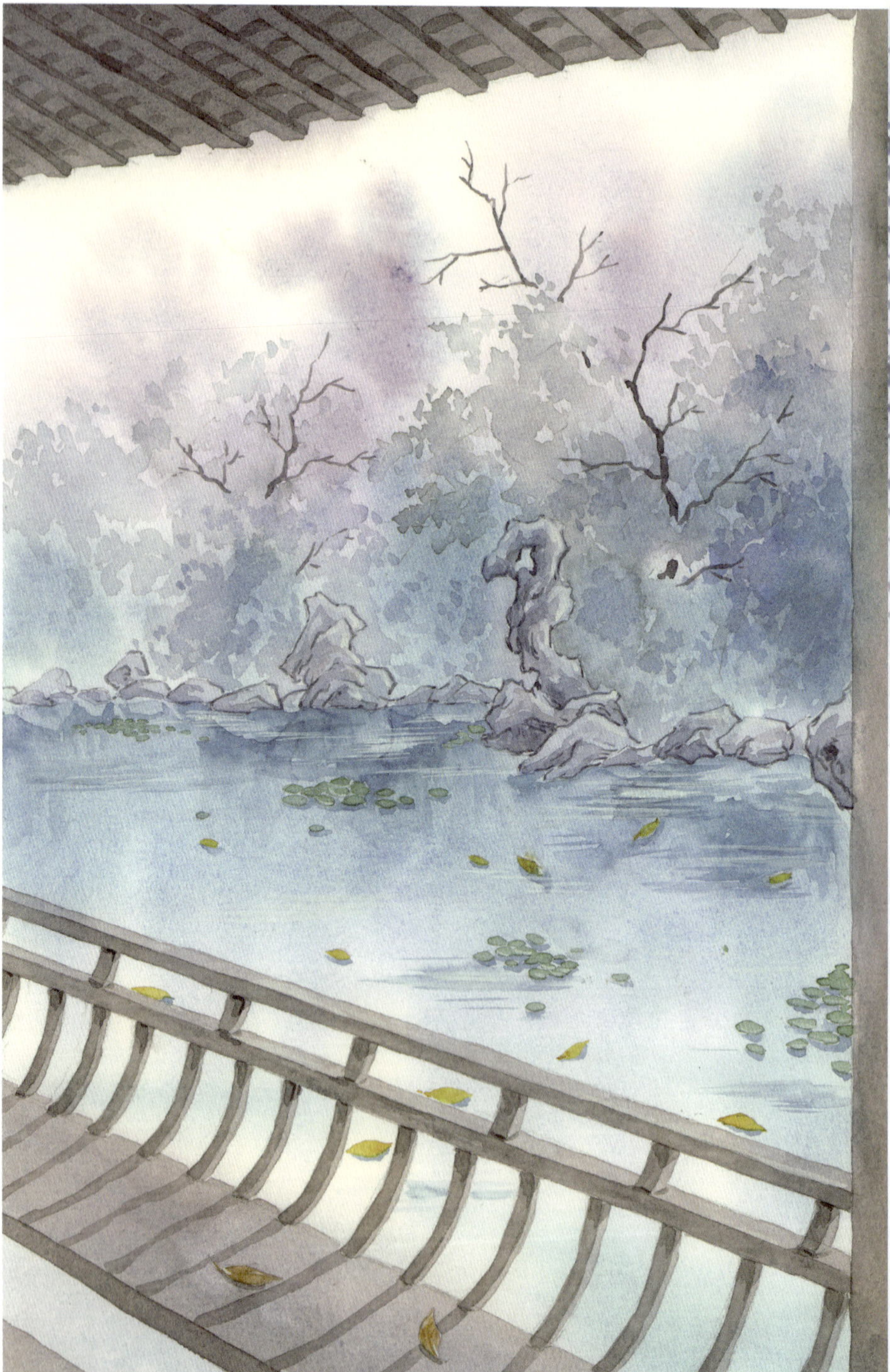

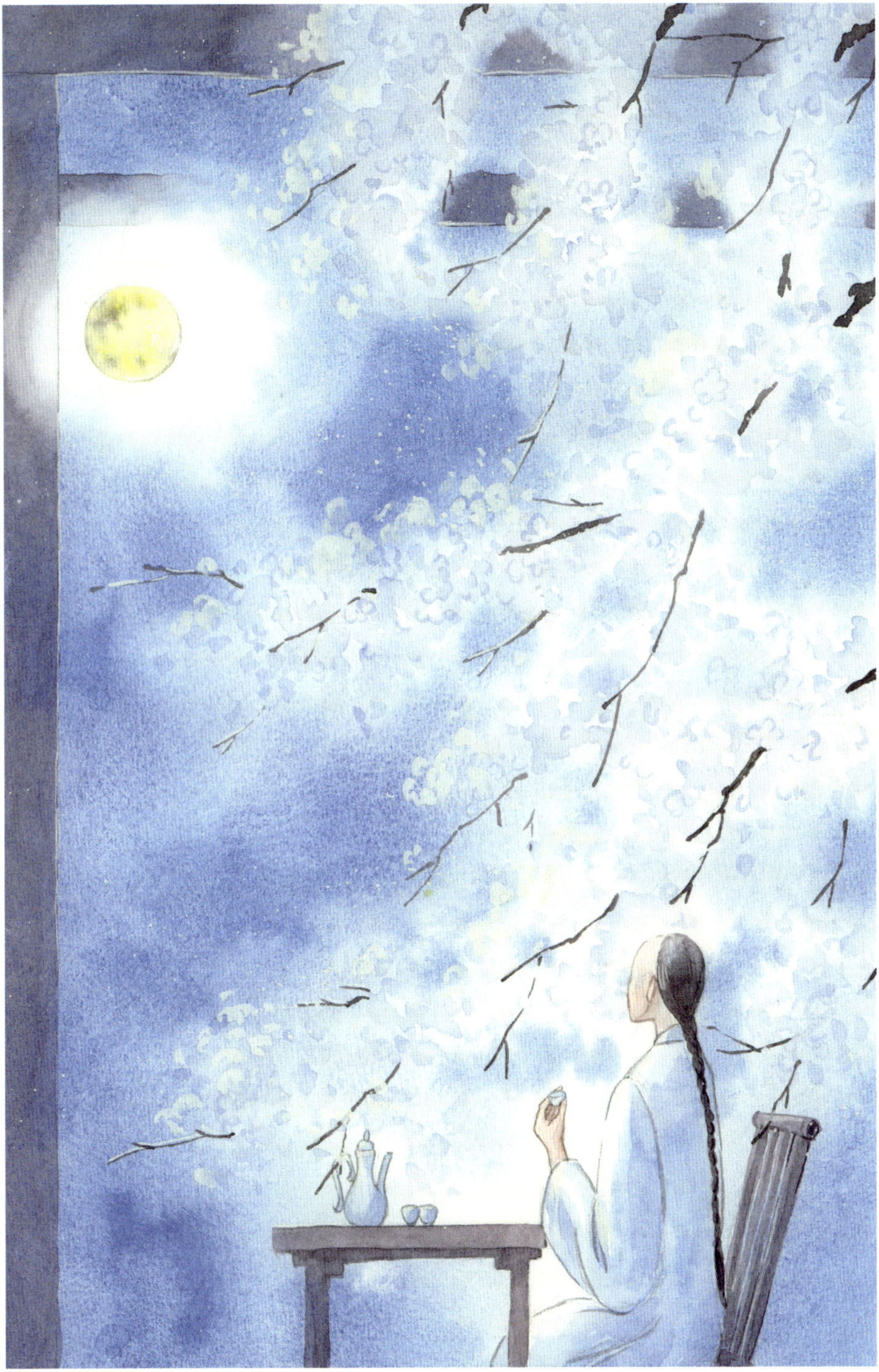

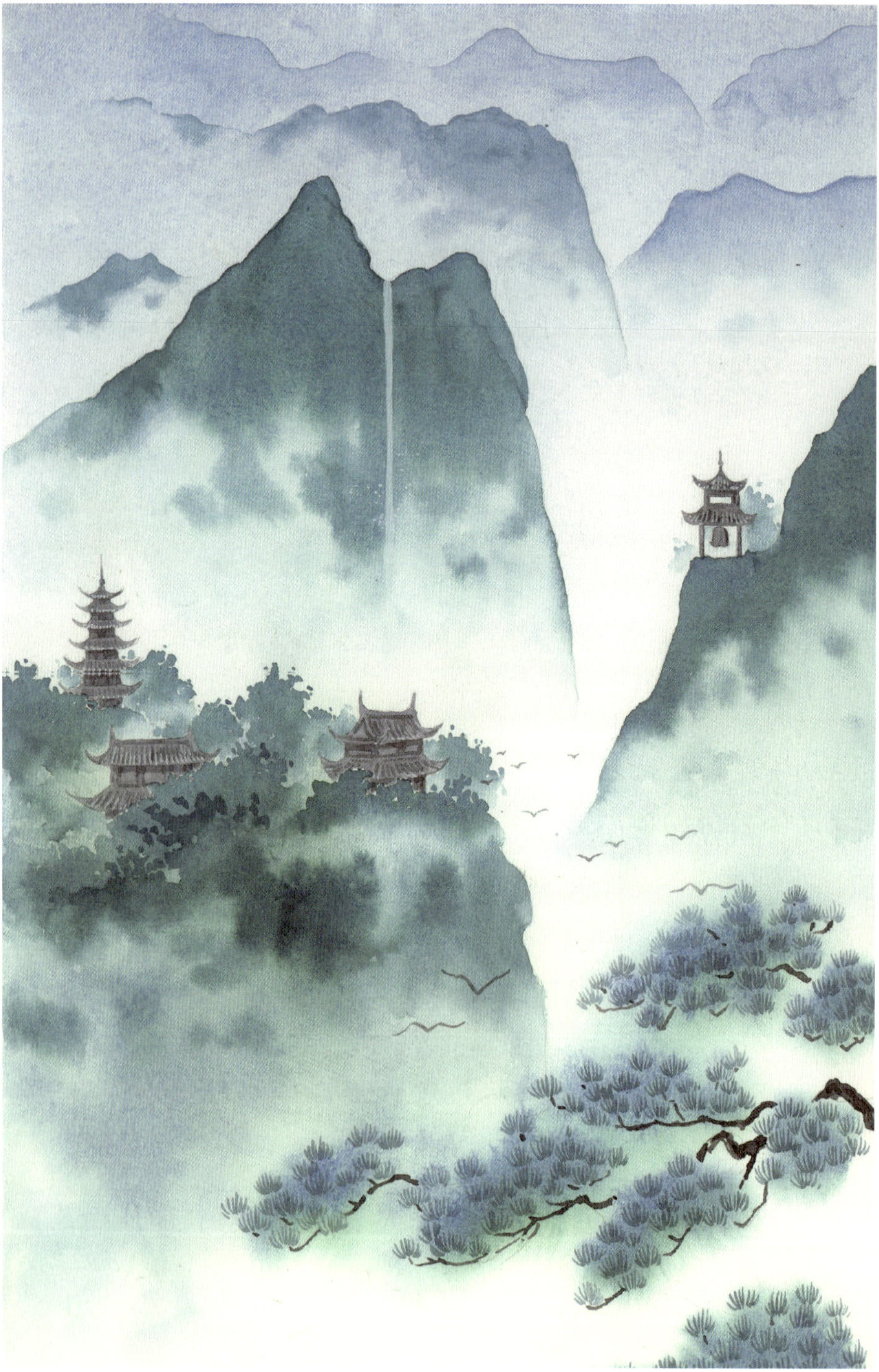

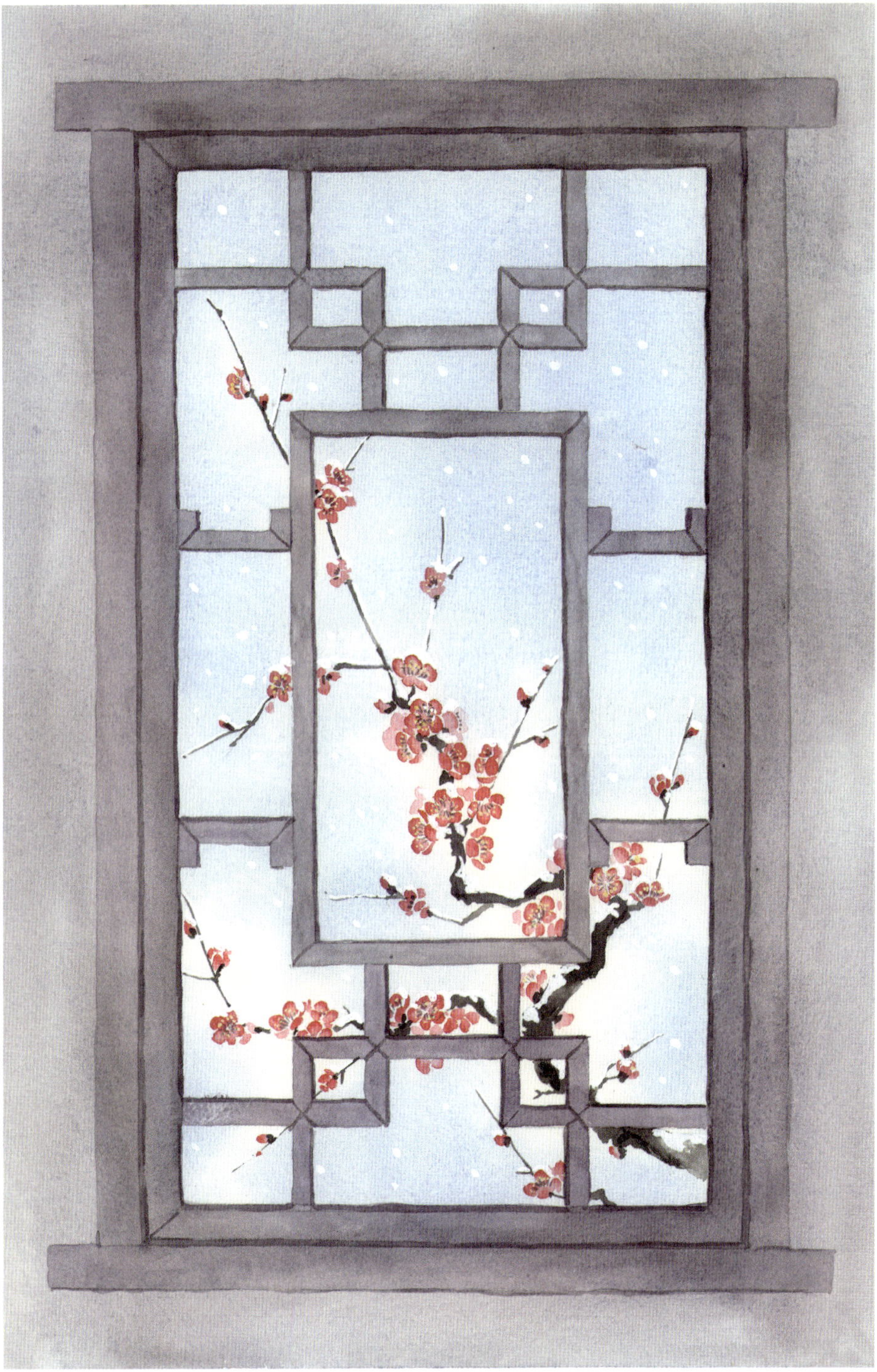

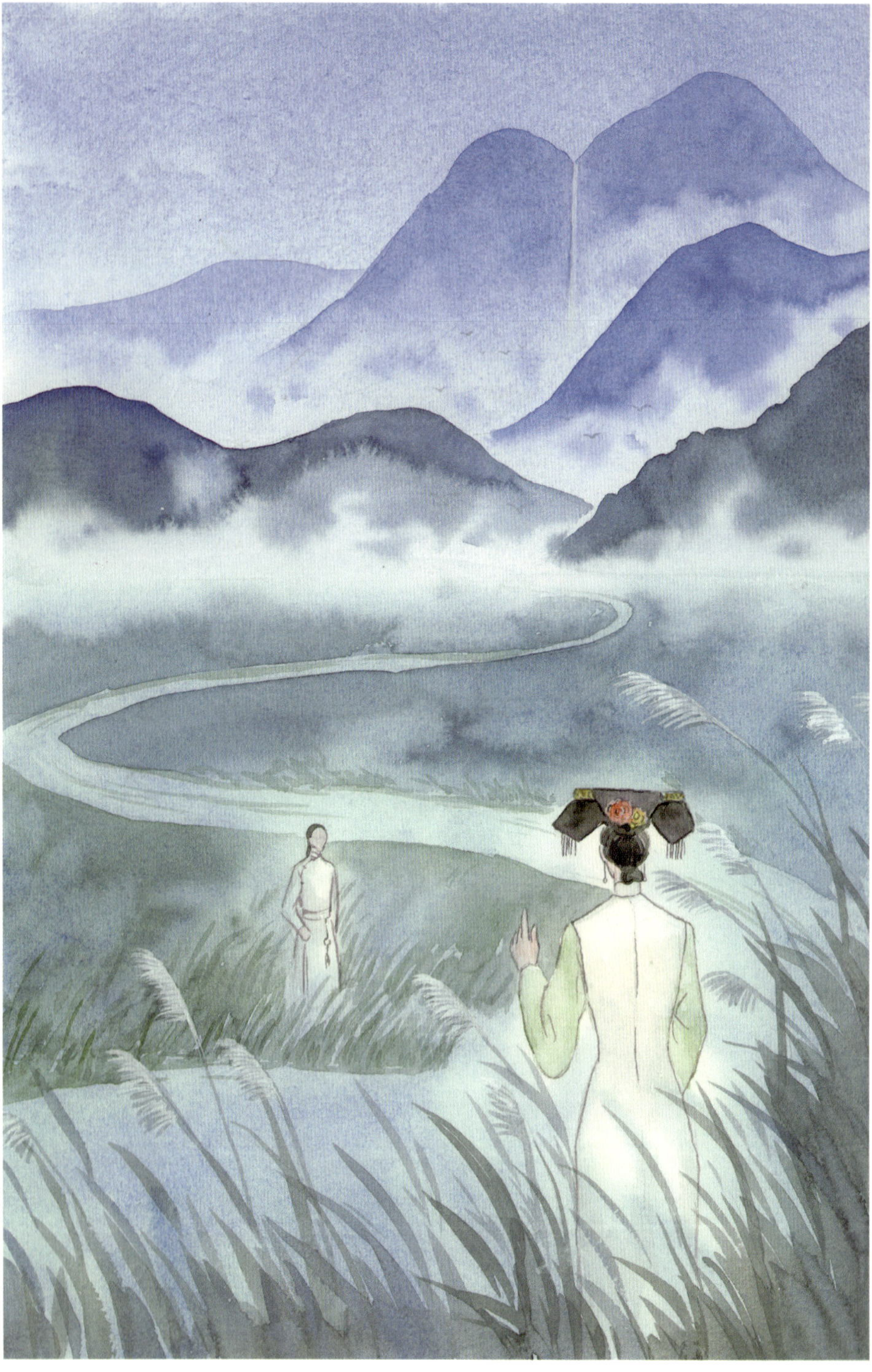

纳兰心事几人知

○ 白落梅

他玉树临风，满腹诗书。他温润多情，潇洒不羁。他叫纳兰性德，也叫纳兰容若。

他生活在康熙盛世，显赫之家。他是大学士纳兰明珠的长子，康熙帝身边的一等侍卫。

他是满洲正黄旗人，皇室亲贵，生来便光芒万丈，尊荣无限。

他无意功名，悠然出尘。他愿做江南布衣、散淡文人，不要繁华，不要感激，守着温山软水、锦诗丽词，安然无忧。

他从来都不是王者，他的心虽慷慨浩荡，却装不下天下百姓，只容得了风月情长。他是一代词客、大清才子，他的词若雨后优雅的清风，如佛前静美的青莲，婉转空灵，旖旎哀怨，不落痕迹。

他非红尘富贵花，只是人间惆怅客。

人说慧极必伤，情深不寿。他此生错在聪慧，不该情多。在那温柔富贵乡里，过着锦衣玉食的日子，做那康熙帝的高贵臣子，一世富贵，何来不好？但他只要一生一代一双人，要那比白雪、明月更为洁净的爱情。他的情感，虽花开数枝，莺声燕语，却皆好景不长。

他有一位情投意合的表妹，绝色清颜，却被送入宫中，与他天各一方。这是他人生中第一次交付真心，且是韶华当时，奈何未经风尘，便已折损。他写道："轻风吹到胆瓶梅。心字已成灰。"

他顺应父母之命，娶了两广总督卢兴祖之女卢氏。原以为这是一场政治婚姻，无多少欢喜，却不想卢氏竟是一位翩翩佳人，成为他的红颜知己。

卢氏温柔含蓄,姿态万千,她的身上,永远有一缕淡淡的木兰香气。有她在,日色花影,秋风雨窗,皆静好。乃至天下世界,都有一种妙意,让人心安。

素日里,他们烹雪煮茶、弄文填词,相安相悦。《诗经》里的"宜言饮酒,与子偕老。琴瑟在御,莫不静好",说的就是他们。

可叹红颜薄命,情缘苦短,婚后三年,卢氏因难产而亡,空留下多情纳兰,小窗独坐,回首往事。他作词道:"被酒莫惊春睡重,赌书消得泼茶香。当时只道是寻常。"

世间万般事,与生死分离相比,都是飘尘。自此,纳兰容若又添了一段彷徨心事。想当年,苏东坡悼念亡妻,无处话凄凉,后有幸得王朝云相伴,二人朝暮情深。而纳兰续娶了官氏,却再无当时的柔软情肠、无限爱意。他叹道:"鸾胶纵续琵琶。问可及当年萼绿华?"也许出身将门的官氏少了一段风流韵致,难入其心。

才华卓绝的纳兰容若,结识了许多江南文人雅士。他有一处雅聚之所,名为渌水亭。临水而居,植柳栽荷,闲时邀友人作诗填词，饮酒品茗；静处时，独自研读经史，赏花观景。

心若流水，淡泊清远，洁净不争。情如远山，旷达不羁，聚散有情。

得好友顾贞观引荐，他结识了才女沈宛。这位婉约清丽的南国佳丽，令其一见倾心。沈宛的出现，满足了他对江南女子所有美好的想象。

"紫玉钗斜灯影背，红绵粉冷枕函偏。相看好处却无言。"他们在一起的时光，太美、太轻，像一场不真实的梦，说散就散了。

她为江南歌伎，如浮萍飘絮，听惯了海誓山盟，却对他一人动了凡心。岂不知，满汉有别，以她的身份，怎能住进相府那座富丽堂皇的大花园？哪怕只是做一名煮茶焚香的侍妾，亦是奢侈的。

燕子楼上，她一袭素衣，粉黛轻施，等着那位多情的贵族公子。几番辗转，她终于收拾了简单的行囊，离开她誓死相依的江南，去了有他的京城。

纳兰将她安置于德胜门的一处别院。他们的情爱虽不被世俗认可，但仍过上了属于他们的烟火日子。她为他带来了整个江南，他想着，只要她在，从此日日皆是良辰。

可他错了。生命于许多人而言，都是忧伤的。那年暮春，他染了风寒，一病不起，匆匆离世。"是梦久应醒矣。料也觉、人间无味。"

他脱了凡尘之苦，飘然而去，留下她一人，无处偎依，后独自离开，不知所终。偌大的京城，她不屑一草一木，只带走了一卷《饮水词》。

"家家争唱《饮水词》，那兰①小字几曾知？"那时，纳兰的词为世人所喜爱、珍惜，亦让人感动、心痛。山一程，水一程。风一更，雪一更。三百多年过去了，他的《饮水词》依旧被人传唱，只是不再那么喧闹，多了几分安静。

历史是一场浩荡的风，纵来往千年，亦有止息的一日。岁月缓缓流过，山河迤逦，让人难辨春秋。多少情事，多少聚散，如

---

① 即纳兰。——编者注

落花不言、江流不尽,到底心意难说。

　　人生若只如初见,何事秋风悲画扇。如果能省略爱恨悲喜,也不管前世今生,该多好。他也不是纳兰容若,只是闾巷深处一位平凡的男子,与一名旧式女子,清淡相守,水远山长。

　　光阴薄冷,可深可浅。

　　世事无常,不避不惊。

引言

一朵佛前的青莲

○ 白落梅

一个人的一生,就是一座有了年岁的城墙,用无数个青翠的日子堆砌而成。日子是一砖一瓦,生命是一梁一柱。城墙里,因为生活,因为情感,而充盈丰满。人生是什么? 是在三月的早春,看一群燕子,于古老的庭院衔泥筑巢;是在清凉的夏季,看满池莲荷,寂寞地在水中生长;是在风起的深秋,看一枚落叶,安静地赶赴美丽的死亡;是在落雪的冬夜,看一尾白狐,遁迹于荒寒的山林。

无论时光走得有多远,来时的路,去时的路,还是一如既往,不会因为朝代的迁徙而变更。在漫长的岁月长河里,许多生命都微小如沙砾,我们可以记住的,真的不多。王谢堂前燕犹在,帝王将相已作古,沧桑世事,谁主浮沉?俯瞰烟火人间,万物遵循自然规律,在属于自己的界限里,安稳地成长。人的生命,与万物相比,真是渺若微尘。

可我们还是应当记住一个人,一个叫纳兰容若的人,记住他的《饮水词》。伫立在光阴的路口,随历史的风,逆向流淌,去寻找一段三百多年前的青梅旧事,打捞一场深沉如海的清朝遗梦。他生在王公贵胄之家,高贵的血液铸就了他此生无上的尊荣。本是烈火烹油、繁花着锦,可他偏思冰雪天地、三秋落叶。他拥有富贵奢华,却渴慕布衣清欢;他处红墙绿瓦,却思竹篱茅舍;他食海味山珍,却思粗茶淡饭。

纳兰容若的前世,是一朵在佛前修炼的青莲,因贪恋人间烟火的颜色和气味,注定赴今生这场红尘游历。所以他有冰洁的情怀,有如水的禅心,有悲悯的爱恋。纳兰容若,一生沿着宿命的轨迹行走,不偏不倚,不长不短,整整三十一载(此处为虚龄)。

在佛前，他素淡如莲，却可以度化苍生；在人间，他繁花似锦，却终究不如一株草木。

他自诩是天上痴情种，不是人间富贵花。他用三十一岁的年华，陪伴在永远二十一岁的爱妻身边。草木黄尘下，他们拥有一间用感情垒砌的幸福小巢。不是很宽敞，却很舒适；不是很明亮，却很清幽；不是很华丽，却很安逸。不需要多少装饰，只要一壶佳酿和一卷《饮水词》，因为那位风流才子，纵是归入尘土，也不忘诗酒敬红颜。尘世的暖，可以透过黄土的凉，传递给他们一缕清风、一米阳光、一剪月色。还有整个秋天的红叶，足够焐热他们的寒冷，重新点燃曾经那段浅薄的缘分。他深情若许，却又终究辜负了梦里江南的另一位绝代佳人。

岁月无边，人生有涯。让我们在有限的生命里，拥有自己可以拥有的，珍惜自己能够珍惜的。不要让似水年华匆匆擦肩，不要辜负这仅有一次的人生。纳兰容若的《饮水词》，仍被万千世人搁在枕边，伴随月亮一起吟诵。纳兰容若喜欢的莲荷，还长在渌水亭畔，那满池的荷花应该有三百多岁了。三百多年，一生一死，一起一灭，看过凡尘荣辱，知晓世情风霜。就让我们静静地听它讲述，曾经有一位叫纳兰容若的才子，有一段若只如初见的故事，还有一个秋风悲画扇的结局。

清秋时节，披一件黄昏的云裳，游江南园林，见池中莲荷落尽最后的花朵。新月孤舟，残荷枯梗，有如一段老去的爱情，老去的故事。想起李商隐之句：留得枯荷听雨声。此间诗韵，让凉薄的心、迟来的梦，亦有了一种无言的美丽。繁华关在门外，独我品尝这一剪清静时光。念及纳兰词《临江仙·寒柳》，低眉提笔，和韵一阕《临江仙·秋荷》，聊以为寄：

绿阔千红无处觅，缘何只遇凋残。一声诗韵锁窗寒。由来舟不系，因果总相关。

本是云台清净客，相逢怎在秋山。来时容易去时难。任凭风做主，长伴月儿弯。

二〇一〇年清秋于太湖

目录

第一卷
不是人间富贵花

零落凡尘 …………………… *002*

神童美誉 …………………… *010*

青梅竹马 …………………… *017*

缘来缘去 …………………… *025*

初犯寒疾 …………………… *033*

第二卷
韶华如梦水东流

人在谁边 …………………… *044*

琴瑟和鸣 …………………… *052*

迷途知返 …………………… *060*

銮殿高中 …………………… *067*

御前侍卫 …………………… *075*

第三卷
人生若只如初见

只如初见 ·················· *086*

远赴塞外 ·················· *094*

天涯孤旅 ·················· *102*

风雨归来 ·················· *109*

随军出征 ·················· *117*

第四卷
当时只道是寻常

爱妻离世 ·················· *128*

天上人间 ·················· *137*

佛前青莲 ·················· *145*

断弦再续 ·················· *153*

西风古道 ·················· *161*

第五卷
我是人间惆怅客

薪火煮茶 ·················· *172*

梦醉江南 ·················· *180*

人去春休 ·················· *188*

明月相思 ·················· *196*

十年踪迹 ·················· *204*

第六卷
一世荣辱尽归尘

京师重逢 ·················· *214*

姹紫嫣红 ·················· *221*

寂掩重门 ·················· *229*

缘尽魂断 ·················· *237*

一生归尘 ·················· *245*

附录
纳兰容若年谱 ············ *253*

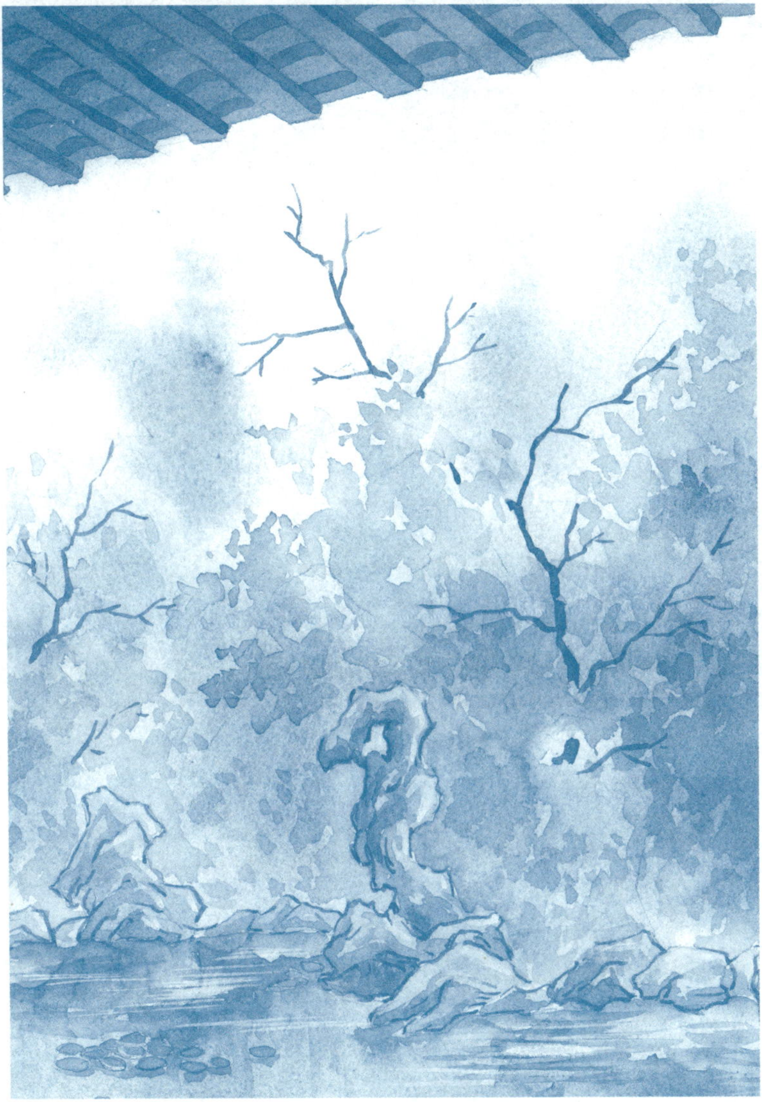

第一卷 不是人间富贵花

零落凡尘

三百多年了,多么久长的年岁,足以让沧海化作桑田;又多么短暂,就像光阴的火,一闪一灭的距离。历史的时空风云浩荡,曾经显赫辉煌的大清王朝,也不过是在史册上做了一场春秋大梦。多少盛极一时的帝王将相,只是大清天空上闪烁而过的一颗流星,稍纵即逝的璀璨,瞬间就灰飞烟灭。

曾经富丽堂皇的紫禁城,如今是一座虚空的城池,白天有摩肩接踵的过客,夜晚却有亡灵的影子在徘徊。曾经叱咤风云的帝王,也只能在自己专有的那片天空,君临天下。而一代又一代的文武百官、后宫嫔妃以及太监宫女,更是渺小如粉尘。但我们依旧可以在空荡的皇城,闻到他们微弱的呼吸;在白玉栏杆上,感受到他们余留的温度。大清王朝,留给我们的是一种深邃的孤独,一种高贵的寂寞。

时光仍在,是我们在飞逝。推开大清朝重重关闭的门,尘封的记忆如同冰河破裂,在历史的河道奔涌。退隐在岁月帷幕后面的,是无数风流王者,金戈铁马、逐鹿中原的故事;是无数折腰英雄,驰骋疆场、碧血黄沙的故事;甚至还藏隐着许多儿女情长、肝肠寸断、催人泪下的故事。有这么一个人,用他的旷世才华、多情风骨,拨动了大清朝那根冷韵冰弦,在康熙盛世弹奏了一曲人间绝响。

他,纳兰容若,顺治十一年腊月十二日(公元一六五五年一月十九日),一个飞雪的日子,降生在北京。这么一个幼小的生命,与生俱来就携着高贵的金冠,因为他的身上流淌着纳兰世家的血液。纳兰世家,是一个集荣华与贵胄、显赫与威望于一身的家族。纳兰容若就像一轮被闪烁群星环绕的月亮,带着璀璨的光环,夺目又高洁。这样一块无须雕琢就光滑温润的天然美玉,挂在纳兰明珠辉煌的府邸,不仅是锦上添花,更是在华贵中增添一份清雅的韵致。

纳兰容若的父亲，是康熙时期权倾朝野的大学士纳兰明珠，有"相国"荣称。母亲爱新觉罗氏为英亲王阿济格第五女，一品诰命夫人。其家族——纳兰氏，隶属正黄旗，为清初满族显赫的八大姓氏之一，即后世所称的"叶赫那拉氏"。纳兰容若的曾祖父，是女真叶赫部首领金台石。金台石的妹妹孟古，嫁努尔哈赤为妃，生皇子皇太极。整个纳兰家族与皇室有着千丝万缕、不可分离的紧密关系。

纳兰容若是纳兰明珠的长子，明珠视他为珍宝，为之取名纳兰成德，因避皇太子胤礽（乳名保成）之讳，改名性德，字容若，号楞伽山人，并且有一个很好听的乳名——冬郎。这样一个被后世称为传奇的人物，一个才华惊世、风度翩然的才子，一个令无数红颜倾倒的旷世情种，出生的时候，必定有着不同凡响的故事。他就是佛前一朵青莲，用千年修炼的正果，换取一段人间情爱。

可他出生在腊月，又如一枝寒梅，在绚烂至极中，自守一份冰雪天地。他不是红颜，却于百媚千红的花丛绝世独立，倾城倾国。我们几乎可以看到，那一天，纳兰府里所有庭院的梅花都在纷飞的雪中傲然绽放，仿佛要将一生的芬芳都散尽，只为他纳兰容若。至今我们捧读他的《饮水词》，还闻得到那沉浸百年的芬芳，缓慢地从书中飘溢而出，那幽香沁人心脾。

纳兰容若不是君王，却在冠盖如云的北京城独自高贵，受尽荣宠。我们不难想象，当朝宰相纳兰明珠喜得贵子，是何等盛事。纳兰容若满月的那晚，纳兰府中的大红宫灯，取代了紫禁城的璀璨夜景。朝廷官员云集于此，府外车如流水马如龙，甚至大清皇帝的蟠龙御辇都驶来了。那一晚，北京城的烟花独为他绽放，那样肆无忌惮地灿烂燃烧。无数怀着喜悦心情观看烟花的人都不知道，那个小小的孩童，将来喜欢的不是燃烧的炽热，而是烟花散尽的清幽。

这就是纳兰，他宁可做一枝寒梅，也不要和百花争妍，尽管他有傲视万物的资本。他宁可独赏烟花寂灭的清幽，也不要那燃烧的粲然，尽管他避免不了那必经的过程。生命原本就无言，这些无端的因由,以及被记录的足迹,是命运为将来埋下的伏笔。我们每个人,都是懵懂无知地来到人世,出身高贵与卑贱,无从选择。也许我们都要按照命定的规律去履行前世的盟约,去打理自己的人生。

命运之神虽然可以预测生死、占卜未来,却挡不住阳光下寸草的生长,挡不住漫漫山河的浮沉起落。尽管结局或许不能更改,但是过程已经被添减,甚至可以面目全非。就像纳兰短暂又华丽的一生,谁又能肯定,他没有悄然地改变什么。至于结果,煌煌一个王朝都不能逆转,更何况只是一个形单影只的人。

小小的纳兰容若,在襁褓之中还不知贫富荣辱,每天被一大群嬷嬷侍候着,被阿玛、额娘宠爱着。纳兰明珠捧着手中粉嫩的婴孩,端详孩子不凡的长相。他知道,这个孩子不仅继承了他高贵的血统,将来还要继承他的爵位、荣耀,以及一切的一切。然而,明珠忽略了,一个生来就不平凡的孩子,必定会有不平凡的一生,但是所谓的不平凡,未必就是叱咤风云、横扫万古。而他自己,后来利用皇帝的宠信,独揽朝政,贪财纳贿,卖官鬻爵,乃至被参劾，在封建统治集团的内部争斗中，经历荣辱兴衰，浮沉几度。

所谓水满则溢，月盈则亏。世象的迷离，宿命的玄机，不是一个普通人所能预知的。就像当年明崇祯皇帝的龙床余温尚存，李闯王已破城而入，在热浪蒸腾中坐上了龙椅。而陈圆圆甚至还没来得及给李闯王跳一曲《霓裳羽衣舞》，八旗壮士已似流沙般奔泻而来，又将他的帝王之梦席卷一空。后来，盛极一时的大清王朝，被英法联军、被国力凋敝搞得内忧外患，仅一颗火苗，就将这偌大的王朝烧得体无完肤。春秋数载，乱云飞渡，时光没有一双饮恨苍天的眼睛，它的心却清澈如镜。落日之后必定见星辰，明月佩戴着闪耀的光环，却还是会被黎明摘去。

纳兰的一生，政治上算是平稳的，可他要为自己的人生背负另一种沉重，那就是情爱。尽管我们不能预知将来，但是冥冥中，自有定数牵引着我们走下去。纳兰周岁之时，明珠为他安排了一场盛大的抓周宴会。这个从古至今沿袭了无数年的民间习俗，隐约地暗示了一个人一生的命数。

周岁的纳兰，已会蹒跚地走几步。当他用清澈的眸子看着摆在面前的琳琅满目的物件时，天真的脸上流露出新奇喜悦之色。他的人生似乎不需要经历多少抉择，仅是周岁之龄的他，或许就明白自己一生之所归，懂得在幼小心灵种下诗意的情怀。他在诸多物件中，一手抓起珠钗，一手抓起毛笔，就再也不肯放下，对其余的物件，均视而不见。

一手情感，一手学识，对于这个结局，纳兰明珠不知是该喜还是该忧。喜的是儿子手握毛笔，必定天资聪颖，将来学识过人，有所作为；忧的是他手抓珠钗，不是好色徒，也为多情种。自古多少壮志雄心，抵不过红颜一笑，只怕儿子会陷身情海，断送了前程。

抓周，一场似是而非的游戏，这场游戏，真的可以判定纳兰容若的一生吗？一个出生在王公贵胄之家的公子，喜欢诗酒美人，亦属寻常之事。他来到人间，终究是有使命的。一个人的使命，未必就是成就大业、驰骋疆场、平定江河。为一段情缘而来，为一个故事而来，为一本词集而来，哪怕只为了兑现一个诺言，还一份债约，也是使命。

纳兰容若的使命究竟是什么？我们只能在他刚刚开始的人生里，顺着生命深深浅浅的脉络，一路追寻下去。窗外，那一枝风雪中的寒梅，静静吐露清芬，似乎想要诉说些什么，最终却只给了我们一个雅洁又神秘的微笑。

神童美誉

一个人出生之后,就像放飞在天空的风筝,是命运之手,掌控着那根决定人生旅程的丝线。它时松时紧,时缓时急,我们只能在那片狭隘的空间展翅,看日起月落,尘来尘往。或许有一天,你我可以脱线而逃,在碧云高天飞翔。扯断了线的风筝,是没有后路可走的,也许可以飞过苍茫绝域的群峰,尽显王者风流;也许转头便坠云而落,换来一声梦断尘埃的叹息。

宿命用金砖玉石为纳兰容若铺设好一条繁华之路,倘若不是他心藏冷落情怀,他应该有着鼎盛至极的人生。他出生的时候,满族人入主中原、定鼎华夏已有十载。当年八旗子弟骑着高头战马，飞扬跋扈地踏入江南，让这个人文荟萃的温柔之地痛得撕心裂肺。清军占据了文化名城，却没有征服民心。在满腹学识的儒士眼中，他们只是沾满鲜血的草原莽夫。因为大漠边疆层云万里的豪情，并不能取代江南水岸冷月梅花的清越。

后来清太祖努尔哈赤，开始注意吸收汉人有德能者加入清军的阵营。清太宗皇太极雄韬伟略不逊其父，有着极好的文化素养，提出"以武功戡乱，以文教佐太平"。到了清世祖福临，在其母孝庄文皇后的帮助下，整顿吏治、注重农业、广开言路、网罗人才，为巩固清王朝的统治做出了不朽的功绩。而聪慧好学的少年天子康熙亲政后，更加认识到文治的重要。他深知关外所带来的马背文化，难以进入中华文化主流。他不再扮演一个外来的征服者，而是以一个追寻者的姿态，融入中原文明。他朝圣祭孔，开科取士，在那片原始荒蛮的思想土地上，遍植文化的种子，滋养出璀璨的繁花。

纳兰容若出生和在世的阶段，正值大清王朝被万丈霞光簇拥的辉煌时代。其父纳兰明珠官运亨通，跃居王公之列，其显赫万臣莫及。这样雍容华贵的身份，使纳兰容若从一开始就在最佳环境中接受最好的教育。明珠思想开明，对中原文化也持积极态度。纳兰骨子里的文人气质，在不受任何拘束的时代和家族里，如一株开在深墙大院里的梅花，肆无忌惮地生长，不必担心会遭遇被修剪、砍伐的命运。

　　纳兰聪颖早慧，小小年岁，便通诗文、精骑射。"贵族神童"这一美誉在当时传遍京城。他住在富丽堂皇的明珠府花园。明珠府花园是明珠在北京西北郊的别墅，虽没有紫禁城巍峨壮丽，却是一座汇集山水灵秀的人间天堂。那里有亭台楼阁、假山水榭，甚至建有庙宇戏台，看似郊外小小花园，实则海纳百川，包罗万象。纳兰容若就是在这样一座人间天堂里无拘无束地成长，读书学习，骑马射箭，度过他美好的青少年时代。他在《郊园即事》诗中云："胜侣招频懒，幽寻度石梁。地应邻射圃，花不碍球场。解带晴丝弱，披襟露叶凉。此间萧散绝，随意倒壶觞。"

　　纳兰在咿咿呀呀学说话的时候，就会读几句古诗。他生得齿皓唇红，白净文雅，这让明珠更加坚信，他抓周时，手握毛笔是有预示的。四岁那一年，纳兰初次骑马，穿上明珠为他特制的满洲正黄旗小盔甲，无比神勇。我们在这个俊俏的孩童身上，仿佛看到他的祖辈骑着宝马，手持长缨利剑，似流沙般朝中原奔泻而来。饮血的刀剑斩断河流，劈开山峦，坚固的长城也似吹弹可破的薄纸，经不起八旗铁骑的一张弯弓。

就在纳兰七岁的时候，明珠邀请了一些王公贵族以及小贝勒、小公子到明珠府花园，为的是试试这些后辈的骑射功夫。纳兰容若在同辈当中最为出众，他出手射中红心，令在场的人无不震惊。那些八旗将士在他身上似乎捕捉到自己当年的影子。他们曾经是塞外呜咽的苍狼，有着飞扬跋扈的壮志豪情。如今山河依旧，更改的不过是一代王朝和人事。那些揭竿而起的各路英雄，也渐渐地脱下战袍，放马南山，当年逐鹿中原的故事，成了渔樵酒后的闲话。甚至有些八旗子弟已经抛弃了战马，丢掉了刀剑，沉湎在温柔富贵乡里，遛鸟唱戏，赌马斗蛐蛐。

纳兰十四岁就通晓诗文，仿佛和文字有着与生俱来的缘分。手捧诗卷，隔帘听雨，推窗看月，那深种在心底的情怀，总会惊扰他的清梦。他喜欢在花园的池上泛舟，仿佛轻轻挥一挥桨，就去了梦里的江南水乡，看到杏花烟雨，看到庭院月光。那烟雨分明打湿了他的衣襟，荷露潮湿了美人的裙衫。他对江南有着深深的情结，就像他喜欢宋词婉约的韵脚，他感觉到书中的每一阕词都可以和他对话，诉说情感。

每当读到"忍把浮名，换了浅斟低唱"之时，纳兰容若总会给自己斟上一杯青梅酒，或在花间，或在月下，或处亭台，或临窗下。他让词的美妙和酒的芬芳，缓慢地从唇齿间滑过，感受那份温柔的清香和幽韵。明珠府花园锁住了他年少旖旎的梦，这座人间天堂，也满足了他所有美好的向往。在这里，他看到了烟雨江南，找到了武陵桃花，还有蓬莱仙岛。

浮躁时，他去庙里听经，参悟一点禅意，看一朵花的包容、一滴水的慈悲。寂寞时，他去戏园听戏，看唐宋传奇里那些破镜重圆、红叶题诗、人面桃花的故事。多好的年华，可以尽情地挥霍时光，甚至不必去计较流逝得到底有多快。在明珠府花园，他就是那个可以主宰自己命运的人，因为他的聪慧和才学，无疑是纳兰明珠夫妇的骄傲。他完美到令明珠对他苛刻严厉的理由都找不出。

那时候，比他年长一岁的康熙帝住在紫禁城里，早早地担负起国家重任。同样是锦衣玉食，那个披着龙袍、手持权杖、有着万丈光芒的太阳，却不及这弯月亮圣洁宁静。也许他们拥有万星丛中一份同样的傲然和孤独。后来那位英明的少年天子，对这位文采飞扬的青年才俊无比尊崇欣赏。纳兰容若成了康熙器重的随身近臣，与他一起遍踏名胜山川，走过乡镇城邑。他们一起挥剑问江山、煮酒论英雄，一起诗书著年华，甚至一起多情酬红颜。如此显贵与尊荣，多少人拼却一生的努力都无法企及，而纳兰容若却唾手可得，乃至视为负累。他渴望的生活，是依山临水，在亭台赏荷饮酒，赋诗填词；是和一个妙龄女子偎依在轩窗下，相看明月。

纳兰十七岁，入太学读书。他就是那轮朗月，从唐宋走来，带着盛世的文明、如水的记忆，他的身上有着无法遮掩的清辉。纳兰的气度和风雅，为国子监祭酒徐元文所赏识。他将纳兰推荐给其兄——内阁学士、礼部侍郎徐乾学。十八岁，纳兰参加顺天府应试，满腹才学的他轻易就考中了举人。从出生到十八岁，他似乎处处如意——在群星之中，他是绝世独立的月亮；在百花丛里，他是傲然绽放的寒梅。

在繁华喧闹的舞台上，纳兰容若始终孤独地演绎真实的自己。他在台上指点江山，台下的人热情激扬，却永远无法与他有心灵的碰撞。这些年，他翻开书卷，总希望心中等待的人会在灯火阑珊处出现。他只有在月光下才敢于承认，其实有一个女子，早已拨动他爱情的琴弦。他们之间仅隔了一扇窗的距离，只要伸出手，便可以将缘分握住。纳兰容若生命中的第一段情缘，是否遂人心愿？也许我们应该问问，那一轮明月，到底又有几回圆？

青梅竹马

如果一个人记得住前世的约定，今生就算跋山涉水，历尽千辛万苦，也会守候在路口，等待相逢。时光的阡陌上，有来来往往的人流，还有许多不知名的草木。乱花迷人眼目的时候，一个转身就已擦肩。但有一种相逢叫缘分，缘分会将两个曾经约定的人，想方设法地拉在一起。纵是在天涯，也可以灵魂相通，那种无以言说的默契，会让他们看到彼此在前世的影子，闻到熟悉的味道。

纳兰容若，一个玉树临风的翩翩公子，他的世界一片清澈澄明，让所有看到他的人都肯定，他的心灵如同他所住的明珠府花园一样，是一片广袤富饶的天地。那里四季青翠，鸟语花香，古木葱茏，流水潺潺。没有一个女子，可以让自己不去爱慕这样一个温润而美好的男子。策马扬尘的时候，他是一位英姿勃发的少年，有着塞外孤狼的野性与勇猛；手捧书卷的时候，他是一位俊雅风流的儒士，有着江南男子的温和与柔情。

他在众人艳羡的风景里，独自高雅洁净。华贵堆砌的城墙太高，高得让人无法企及，只能遥望，却终究没有几个人可以真正地走入。只有他自己知道，这华贵的城墙里面，有一种世人无法抵达的荒凉和落寞。他将自己关在里面，看花开花落，看云来云往，只给心灵开了一扇小小的窗。因为他始终相信，他期待的佳人就在不远处，他几乎可以闻到她的呼吸。不是在唐诗宋词里，也不是戏里的旦角，而是真实地存在。

读过纳兰词的人，都知道他年少时有过一段刻骨的爱情。才华倘若没有一段轻纱如梦的爱情，似乎很难被激发，结果也难免有些可惜。很多人都说，纳兰容若是《红楼梦》里贾宝玉的原型，似乎在他身上，真的可以寻到宝玉的影子。曹雪芹的祖父曹寅是康熙皇帝的侍卫，和纳兰有同事之谊。曹寅在一首诗中这样写道:"忆昔宿卫明光宫,楞伽山人貌姣好。"楞伽山人是纳兰容若的号。数十年以后的曹雪芹,捧着一本纳兰容若的《饮水词》,难保不为这个风采卓然的才子所倾醉,所以他笔下的人物,在无意之中,必然会有纳兰的影子。

事实上,自古王侯公子的人生大抵相同,只是情怀深厚的甚少。同样是华服公子,同样生在王侯将相家,拥有不可一世的富贵和尊荣。他们自诩不是人间富贵花,追求的是生命真实的性灵,以及内心深处的柔情。宝玉抓周时,抓的是胭脂、珠钗,纳兰容若抓的是珠钗、笔墨。他们整日在温柔乡里享受人间乐事,在花海里徜徉,捕蝶捉影。多好的年华,住在高高的城墙内,每天被富贵浇灌,就连草木和尘埃都披上了幸福的华彩。所有的悲欢离合、生老病死都只是在字里相逢,可是他们却天然地懂,懂得百草千花有时只是一种假象。懂,可是不说,也无处言说。

贾宝玉有一个美若仙人的表妹林黛玉,上苍给了林黛玉令人惊艳的容颜,还给了她绝世的才情。世间就是会有这样钟灵毓秀的女子,让年轻多情的公子捧在手心来疼爱。曹雪芹说林黛玉来人间是为了还债，辗转到贾府，住进本不属于她的大观园，用一生的眼泪还了前世的债。她用眼泪浇灌潇湘馆的湘妃竹，把所有的感情交付给一个心爱的男子，在自己一无所有的时候归去。就像一场红尘之梦，梦醒后，宿命所归，强求不得。

上苍也给了纳兰容若这样一个表妹，一个父母双亡、孤苦无依、寄居在明珠府的表妹。没有人真正知道她的来历，也许这女子本有着显赫的家世，只因家道中落，才会寄人篱下。或许如同林黛玉一样，为了还债而来，还她前世相欠纳兰的情债。纳兰前世是佛前的青莲，在这个清丽佳人去庙宇烧香祈福时，他情不自禁对她投以微笑。所以他落入凡间，而佳人也转世，结草衔环报答前世那一朵如花的笑靥。

应该是这样。历史上留下了许多关于纳兰和表妹的传说，却都如梦幻一般朦胧。那是因为他们的爱情本身就带着一种凄美，有如花落冰弦，诉说无尽的冷韵。甚至没有人知道这个女子真正的名姓。她是幻影，只为来红尘走一遭，还了欠下的，就会离去。她和纳兰容若青梅竹马，所以，我们应该给她一个名字，叫青梅。

初次相逢，青梅就像一朵洁白的梨花，纤尘不染，清新绝俗。尚不知男女情事的纳兰被这朵梨花深深迷醉，迷上她洁净的笑靥、眉间的轻愁，还有她迷蒙的眼中似乎藏着的水露。纳兰因为她，爱上了水；因为她，爱上了梨花的白、莲荷的雅。这个小小的女子，给了他对爱情所有美好的想象，满足了一个多情男儿对人间情爱温柔的渴慕。

记得初次相逢应在七岁，那一年，她被一辆老旧的马车带到纳兰府，安置在绿荷苑。从此，她是他的青梅表妹，他是她的冬郎表哥。就是那一回，纳兰在众目睽睽之下，弯弓射中红心。那是因为，青梅表妹用她可爱的小手绢为冬郎表哥擦去了手心的汗，给了他如云朵般的微笑。她陪他读书写字，为他研墨裁字。纳兰就这样爱上了诗书，成了名满京城的小神童。她为他烹炉煮茶，用沾了晨露的鲜花，用梅花瓣上的雪水，于是白瓷杯里，清澈的茶漫溢芬芳。

冬郎的怀里一直藏着青梅表妹为他绣的香囊，那是她初次做女红时，为表哥精心所制。一个小小的香囊，绣了三天三夜，因为她用了灵、用了情、用了心。香囊上，一朵并蒂莲开得那样饱满，那样幸福。尽管那时候，她不懂情为何物，只知道在这座繁华的明珠府花园，只有冬郎表哥给了她真正想要的温暖。她的并蒂莲，是从荷池里取来的样子。她小小的心中，只是希望可以和冬郎表哥相依在一起，可以走得更近，不要相离。

他们在懵懂不知情事中渐渐长大。一个俊朗不凡，面若秋月，眉如春风，谈吐优雅，举止温柔；一个美丽娇俏，肤如软玉，目若秋波，冰洁娴静，端雅绝俗。纳兰忘不了那一次邀约青梅表妹乘小舟去赏秋荷。这一年，他十六，她十五，花样的年华，如梦的青春。小舟上，没有成日里跟随在身边的小厮丫鬟，只有他们二人。他划桨到藕花深处，有鸥鹭惊飞，朝白云追去。但纳兰容若知道，它们还会飞回来。因为这座花园，还有这么两个富有诗情的人，会将它们怀念。

她为他斟茶，用她素洁的纱绢轻拭他额上的丝汗。纳兰容若痴痴地看着青梅表妹，第一次发觉她已经从那朵洁白的小梨花，长成了一枝亭亭玉立的荷。他就是这么情不自禁地握住她的玉手,第一次,彼此眼中流露出男女的情爱。他美目多情,温柔似水;她轻颦浅笑,含羞带露。纳兰容若明白,原来青梅表妹一直是他在书中寻找的颜如玉。而青梅也似乎明白,原来自己心里一直牵系的冬郎表哥,就是她梦里多次相见的檀郎。

那日黄昏,他们在长廊邂逅,或许因了白天的心事,彼此已深知,一时间竟无语相对。青梅含羞低眉从纳兰身边轻轻走过,衣香鬓影,令他心牵。他轻唤她的名字,却突然害怕心中情愫被人知晓。想对她诉说什么,终还是无言,只痴痴地看着她离去的背影,直到那弯上弦月洒落一地淡淡的清辉,他才转身走开。

当晚,夜凉如水,月似眉弯。纳兰容若提笔蘸墨,在月光铺洒的宣纸上,为他的青梅表妹写了一首《减字木兰花》:

相逢不语,一朵芙蓉着秋雨。小晕红潮,斜溜鬟心只凤翘。

待将低唤,直为凝情恐人见。欲诉幽怀,转过回阑叩玉钗。

绿荷苑里,似有琴音,随凉风缓缓地飘来。窗外,有动情的花瓣,离了花枝,轻柔飞舞。花草最是有情,知人心意,它们和弦音一起传递相思。今夜无眠,一曲琴音和一阕清词,低眉含笑,细语呢喃。

缘来缘去

当一个人陷入感情的深潭里，眼中所有的风物也随之有情。那时候的纳兰容若，抬眉看，白云在说情，低首闻，清风在说爱。花草快乐地生长，禽鸟无忧地飞翔，还有身边每一个人都在幸福，都在相爱。可是相思，却总是给人幸福的感伤，他们相爱，却不能言说。一个是侯门公子，一个只是寄人篱下的表戚，青梅觉得她和冬郎表哥之间，始终隔着一些距离。这距离让她时时心痛，她感觉自己就像一枝秋荷，尽管可以装饰别人的流年，却轻易就会凋落。

纳兰只觉得青梅表妹对他若即若离、忽冷忽热，每次和她在一起，又不知道该如何诉说心里的情怀。他将万千心事与柔情尽

付词中,写下一首《如梦令》:

> 正是辘轳金井,满砌落花红冷。蓦地一相逢,心事眼波难定。谁省?谁省?从此簟纹灯影。

他夜里悄读《牡丹亭》,喜欢里面的锦词芳句,如花美眷,似水流年。多么像他们!他所期待的爱情,就是和青梅表妹这样温柔的女子长相厮守。在这有山水的花园,有荷风的别院,他们清樽对月,他填词,她抚琴。就这样在温柔富贵的安稳中过一生一世,不惊不扰,无忧无虑。

忘不了十七岁那年,纳兰入太学读书,青梅为他精心编了一个玉穗子,挂在他的腰间,清雅别致。那块玉是纳兰世家相传的翡翠锁。纳兰要送给青梅表妹,说只有她配为他打开心灵的那把锁,从此住进他的心里,与他温暖相依。然而青梅明白,这样的情物又怎么可以收下。她只安静地为他编了玉穗子,希望可以默默地相陪。

忘不了十八岁那年，纳兰考中了举人，明珠府来了无数道喜的文武官员、王公子弟，他周旋于这些人当中，却始终觅不见青梅表妹的身影。他借故离开，来到绿荷苑时，看到那么一幅令他感动一生的画面。午后的阳光温暖而慵懒，院里的紫薇花开，彩蝶在花丛里酣睡，脚步也不能将它们惊醒。青梅坐在美人靠椅上，旁边就是一口小小的荷池，水中的鱼儿自在地嬉戏，莲荷舒展着花骨朵。

青梅身着一件绿罗裙衫，清新素雅，那么安静，安静到她的世界容不下一株草木。她轻绾一个流云髻，斜插一支玉步摇。她低眉认真地绣着花，脚下有一只洁白似雪的猫亲密而卧，仿佛也被她的安静感染，正幸福地打着盹。纳兰为她的静美沉醉，缓缓走至她跟前，只见她如玉的手持着针线。丝绢上，一朵并蒂莲鲜妍地开着，开得不管不顾。她满意地笑了，唇边柔柔的，似一朵洁白的梨花。

她微微抬眉，和纳兰对视，心中暗暗惊叹。今天的冬郎表哥，是这样神气漂亮。颀长的身材，着一袭华服，似一团璀璨绛红的云,无比高贵夺目。这美丽的云,就落在她身边。他没有问她为何不去宴席,因为他懂得,那样喧闹的场合会惊扰她。她亦没有问他为何会来到这冷寂的绿荷苑,因为她从来都懂得,他喜欢繁华背后的清凉。他告诉她,他只想和她安静地在一起,看水中的游鱼。她告诉他,她真的有些笨,这些年,她绣来绣去,只会绣并蒂莲。

他们似乎还来不及好好相爱,来不及月下花前,耳鬓厮磨。纳兰还来不及对青梅许下三生的誓言,没有给她无边宠爱的幸福。而青梅,还没有来得及学会绣一双鸳鸯,就丢掉了手上的针线。许多人,虽有缘,终无分。明明相爱,却总是会错过,你来我往,我去你回,仿佛永远也不会叠合在一起。像是日落和日出,像是花开与花谢,彼此相连相关,却永远不能同生共死。

很不幸,纳兰和他的表妹,终究还是做了有缘无分的人。没有三生三世,连一生一世都没有。他们居住的城墙里面,虽然鸟语花香、草木葱茏,但也掺杂了许多纷乱的人。不知是谁去告了密,或是他们情不自禁地流露出对彼此的好感和暧昧,他们的事,被纳兰明珠夫妇发现了，受到他们的反对。尤其是纳兰的母亲，她固执地认为，一个自小父母双亡的女孩，无论品貌多么端庄，她都无法接受。因为纳兰是明珠夫妇的长子，他的优秀和出众让人仰视，他是整个纳兰府的骄傲。作为母亲的爱新觉罗氏，不能允许任何人、任何事威胁到她的儿子，给他带来伤害。

作为一个权倾朝野的大学士之子，一个名满京城的神童，纳兰必定会受到皇帝的赐婚，他未来妻子的身份和地位之高贵，让人毋庸置疑。这种指婚是任何王侯公子所不能避免的，亦并不一定都是圆满的。满人对血统特别重视，他们在乎高贵的身份，尽管向往满汉一家的和谐，可骨子里依旧对汉人有偏见。他们对尊卑之别也格外执着，纵然有同样的血统，还是会有贵贱之分。所以，他们的婚姻都无法自己做主。

就算是天子，也不能随意按自己的主张，娶心爱的女子为妻，封后封妃。当年顺治帝和董鄂妃的爱情悲剧似乎还在眼前，传说顺治皇帝为了心爱的女人落发出家，与佛结缘。自古以来，多少天子王侯的婚姻成了政治的牺牲品，他们也不过是江山这盘棋里的一颗棋子,任局势摆布,甚至连选择黑白的权利都没有。

无论纳兰怎样苦苦地哀求父母都无济于事,他们收起平日的娇宠溺爱,变得铁石心肠。他们甚至下了命令,不许纳兰再和表妹青梅相见,纳兰不惜以绝食相抗,他们视而不见。此后,纳兰再也听不到绿荷苑的琴音,每晚,他只能守着一轮冷月,让心冰凉。他在梦里看到青梅表妹,穿一件云做的衣裳,涉水来到他的身边。哀怨的眸子,含着泪,有着难以言说的凄楚。梦醒后,梧桐落了,芳草老去。他趴在桌案上痛苦,悲伤得不能自已。

他担忧的事,终究还是发生了。纳兰从贴身丫鬟口中得知,青梅表妹已经被父母做主送进了宫,去参加选秀,并且以她出众的才貌,被选为皇帝的妃子。花落琴弦,冷韵无声,仿佛一开始就注定是这样的结局。他和表妹青梅竹马、朝夕相处十年,却抵不过皇帝的随手一选。

这是他人生中第一次失败,竟败得这么彻底,这么窝囊。甚至连较量的机会都没有,他就这样莫名其妙地输掉了生命里最重要的爱情。这也是他第一次真正明白君臣之间的差距——月亮的光芒永远无法和太阳比拟。他厌倦生在这样的富贵之家，不能主宰自己的人生。他渴望做一个平凡的男子，和心爱的女子安居在篱笆小院，静守四季炊烟，在月亮的清光里，看到他想要的宁静和慈悲。

他关掉了心中那扇小小的窗，试图将这段爱情连同自己的心一起埋葬。这座给了他美好梦想的花园，已不再是人间天堂。天堂失火了，一夜之间，烧光了所有的花草，烧死了所有的生灵，他不知道用什么方式才能让它们复活。他在悲痛中填词，只有文字不会死去，可以陪伴他，不会相离。

减字木兰花

花丛冷眼，自惜寻春来较晚。知道今生，知道今生那见卿！

天然绝代，不信相思浑不解。若解相思，定与韩凭共一枝。

这就是纳兰容若,他的生命注定要和文字交融在一起。文字是药,虽无法让他的伤口彻底愈合,却可以镇痛。文字又是毒,他服了下去,中毒越深,越发难以自拔。有些梦,以为走远,却一直在身边。他在仓皇中逃匿,可是夜夜醒来,都悲伤得泪流满面。他有预感,今生和青梅表妹再也不得相见。多么浅薄的缘分,就像一段还未来得及添加旁白的故事,却已在心中留下刻骨的印记。

初犯寒疾

　　这是一场感伤的分离，连送别的机会都没有给彼此，马车便将青梅载去远方。虽隔了一重青山，一道城墙，可他们的心，却看得到对方在泪流满面。一梦千寻，纳兰容若想做一只秋寒的云雀，穿过烟水岚雾，去追寻梦中人，可他终究还是被青春的伤折断了翅膀。被命运关在深宫的青梅，失去了冬郎表哥，她的世界化作黑夜。她让自己做一个瞎子，在暗无天日的空间假装微笑地活着。爱情的药酒，毒哑了她的嗓音，除了微笑，她只能守口如瓶。

　　在后宫，她就是那枝安静的荷，少年天子见惯了鲜妍的牡丹和芍药，深深地为这枝青荷迷醉。她几乎没有言语，只是轻淡地笑着，眼中含着雾，像一幅迷蒙的山水画。那时候，她夜夜受专宠，俊朗的少年天子对她千种温存。而她总是在一个人的世界里幽梦无边，因为只有在梦里才可以和冬郎表哥相见，可以魂梦相牵，不分你我。缘尽于此，从今往后，她就做一只盲了眼、哑了嗓音的蝶，在小小角落，静度流年。

那是一个漫长的冬天。好在他生于冬季，虽然失去了青梅表妹，还有诗酒和窗外的梅花相伴。春天来的时候，他脸上又开始有了光彩，他的俊朗丝毫不减，只是清瘦了些，更添了成熟韵味。纳兰明珠夫妇仿佛看到，他们的儿子经过一个寒冬的冰冻，在姹紫嫣红的春日复苏，却不知道，他外表生动温暖只为掩饰内心一片荒凉。生在相府，又为长子，即便他内心冷若寒霜，也要支撑着让自己学会成长。尘世于他，除了情怀，还有责任，他不想做一个没有责任感的男人。

在一个春阳高照的日子，纳兰参加了会试，考中贡士。这一年，他十九岁。仿佛爱情的失意并没有泯灭他的才华，他是佛前的青莲，这种与生俱来的光芒，漫漫尘埃也遮挡不住。既是尘缘未尽,责任在身,就宿命难逃。没有谁可以在人生的道路上一马平川,畅行无阻。时光要将一个人打磨,把他的锋芒慢慢磨尽,到最后,圆润得没有一丝棱角,连过往的纹路都几乎看不到。千百年来,它自作主张地改变人事,自己却清新如昨,没有增添一点点沧桑。

病来如山倒,在没有任何先兆的境况下,纳兰病了。他卧在床上,感觉自己似掉入一个寒冷的冰窖,全身筋骨抽搐疼痛,身上的血液亦随之凝固,不得流淌。医官说此症为寒疾。寒为阴邪,易伤阳气,其性凝滞,乘虚入骨。似乎他的病症都跟宿命相关,他出生在寒冬腊月,乳名冬郎,心慕幽清,此次遭受寒邪侵袭,冥冥之中似有定数。还有一个重要的原因,只有他自己知道——青梅表妹的离去令他心痛难当。这么多日夜努力地支撑,终究还是抵不过这场突如其来的风寒,他感觉自己被疼痛撕扯,整个人都要支离破碎。

病痛来势汹汹,不容他做丝毫抵抗,就这样一病不起。几个月以来,邪风恶寒,发热无汗,咳喘疼痛,他被折磨得形销骨立。

曾经溢着书香茶香的屋子里，如今只有一种味道，就是浓郁的药味。纳兰想起以前对青梅表妹说过的话，他告诉过她，在书里看到，芍药还有一个特别的名字，叫将离。那时候，青梅为这个名字感伤了许久，说好以后不采芍药花。他还告诉过她，喜欢一味中药的名字，叫独活。那时的青梅笑道，如果可以，倒不如做这味叫独活的药，独自活着，独自悲喜，与人无尤。没想到一语成谶，将离成了永诀，独活也成了对他们十年相守的惩罚。

寒疾这种病，给人带来的最强烈的感觉，就是疼痛。这种痛，锥心蚀骨，可他却咬着唇，忍着。他甚至渴望这种痛，因为只有痛的时候，他才能清醒地面对自己，才深刻地知道，自己是真的失去了至爱之人。病痛昏迷之时，他无数次在梦里看到青梅表妹，似乎永远都那么安静。坐在绿荷苑的长廊下，和暖的阳光倾泻在她的罗纱裙上，她面容贞静，温柔似水。池塘里，有着不会凋谢的荷花，不会死去的游鱼，就连那只雪花猫，也一直偎依在她的脚下，不肯离去。她总是洁净地笑着，又微恼地看着手上的针线，嗔怪自己绣来绣去，还只会绣并蒂莲。她绣的并蒂莲依旧开得鲜艳，只是梦中的比翼却不能双飞。

纳兰每次在睡梦里都痛得不能呼吸，也许这场病，是为了祭奠他逝去的爱情——为了这场铭心的爱，他必须病这么一次。留下伤痕，当作青春的印记，好让他在以后的岁月里提醒自己，有些爱，有些痛，不能忘记。可令纳兰没有预想到的是，这寒疾从此一直伴随着他，在他以后的日子里，时常会突然发作。最后也是寒疾夺去他璀璨的年华。都说因果自有定数，来来去去，生生死死，不由得你不信。

因为寒疾，他耽误了殿试，让一路直上的青云之途骤然受阻。人说，人生得意三件事：金榜题名，洞房花烛，衣锦还乡。他这次虽不算落榜，却也错过了一次机遇；他与表妹相爱，却不能相守，亦属人生一大憾事。人生就像一种交换，他用将近十九年的如意和平坦，换这一次的失去，似也不算是残忍。如果是债，就算没有还清，也应该消释了大半。他本淡薄功名，无意富贵，想逃离这一切，只守着诗酒和红颜，过着瓶梅清风的日子。可卧床几个月，病痛的折磨让他误了殿试，心中难免有些惋惜。感慨万千之余，写下一首七律：

幸举礼闱以病未与廷试

　　晓榻茶烟揽鬓丝，万春园里误春期。

　　谁知江上题名日，虚拟兰成射策时。

　　紫陌无游非隔面，玉阶有梦镇愁眉。

　　漳滨强对新红杏，一夜东风感旧知。

　　他渐渐可以起床，披衣临窗看月，久违的月亮依旧那么清朗。仿佛从古至今，那么多沧桑故事，从来都与它无关，它永远都洁净如一。无论盈亏，它都那么静美，那么安宁。纳兰想起了青梅表妹，那个安静的女子，她就像这月亮，宁静温和。念想至此，纳兰心中有一种淡淡的释然。他突然觉得，这个女子，纵算没有他的呵护，在没有他的日子里，也会一如既往地安静。因为他们之间有十年的记忆，十年，足够她用一生来怀想。念及至今，禁不住又提笔蘸上水墨，在桌案的宣纸上填词：

南歌子

翠袖凝寒薄，帘衣入夜空。病容扶起月明中，惹得一丝残篆旧熏笼。

暗觉欢期过，遥知别恨同。疏花已是不禁风，那更夜深清露湿愁红。

取出怀里的香囊，上面的一针一线都是她的情义。那是她送给他的第一份礼物——并蒂莲的花样，此后这个傻傻的女孩，只会绣这么一种花样。他终于明白，那并蒂莲就是她手植的相思树，她期待他们的爱情可以开出那样鲜艳的花朵。一直那么安静地期待，他懂，他亦为她相思难耐。他想起唐人李商隐的诗句：此情可待成追忆。就将过往的记忆，酿成一壶月光酒，以后只要彼此想念的时候，就取一盏品尝。这样也算是你中有我，我中有你；也算是不离不弃，好梦成真。

到了该放下的时候了，明月西沉，天亮时，会有霞光透洒珠帘。纳兰明白，寒疾固然可怕，可是内心的寒冷潮湿才是至要的原因。他要让自己好起来，重新在文字里找回自己——一个温情的、生动的纳兰容若。也许他该拾起一个男儿宏伟的抱负，去完成他心中渴求的梦想。就算不为民立命，不为史立传，也要为自己的心，在历史厚厚的书卷中，留下一点菲薄的痕迹，也不枉来红尘走一遭。

第二卷　韶华如梦水东流

人在谁边

雨后天空如洗，格外清澈明净，仿佛过滤掉世间所有的尘埃，连同悲伤也洗去。悲欢如梦，人生就是一场轮回，我们还在感叹烟雨的迷蒙，不知何时阳光已将潮湿蒸发。当我们沉浸在阳光的温暖里，又会被一场莫名其妙的暴雨淋得不知所措。一个在世间久居的人，慢慢就会习惯四季的冷暖、晴雨的转变，以及一切离合悲欢、生老病死。

这种习惯，不是淡漠，不是疏离，而是一种千帆过尽的释然和淡定。这种淡定，是需要日积月累的堆砌，还有太多春风秋月的故事去慢慢沉淀的。删去繁复，留下清简；裁去冗长，留下素淡。到最后，打开人生的画卷，就那么寥寥几笔，无多色彩，却生动传神，让人看了便不能忘记。

大病之后的纳兰，推开窗，看院子里莺飞草长、蝶闹蜂语，才发觉自己真的辜负了太多自然美景。仿佛这里每一朵花都在对他微笑，每一株草都要给他祝福，每一粒尘埃都在将他等待。他感到这座曾经失火的天堂，又渐渐地恢复了原貌。花园里的一切生灵都已经复苏，只有他还沉浸在过往，不知归路。

他觉得自己应该走出去，抖落身上的寒气，大口大口地吃食阳光。只有这样，他才可以脱胎换骨，才可以和这里的草木一起复活。所谓重生，是曾经有过死，他认为，这几个月卧病在床和死去没有几多分别。如今的纳兰，又可以站在阳光底下，看岁月遗落在瓦檐的美丽。

纳兰披衣走出院子，走过曲径长廊，转过假山楼台。他要去绿荷苑，尽管母亲极力反对，但他没有任何争执，只用无比平静的眼神和语气将她打动。这是他的夙愿，了断之后，他自会给父母一个交代。他似乎听到琴音，潺潺如流水，乱红在风中飞舞。

可当他推开朱红的门扉，穿过曲径，那悠长的廊檐下，一片空寂。池塘里，只隐着几朵浮萍，还有一些伶仃的落叶，曾经快活游弋的鱼儿不见了。阳光依旧，可是那只雪花猫，亦不知去向。这是一个失去主人的院落，但纳兰分明看到那个如梨花般洁净的女孩，贞静地坐在阳光下，美丽的发髻上有他最爱的玉钗，是梅花形状。因为他是她的冬郎表哥，生在梅开季节，她不能忘。

没有伤痛，他的心清凉如水，是因为记忆里，那女孩的笑容永远那么洁净，不容许他再有任何悲伤。不再有过多的惊扰和流连，收拾好心情，他要将这里的一切都藏在心里的一个小小角落，只能在角落。掩门的时候他笑了，他要用微笑和青梅表妹告别。因为他知道自己和她依旧在同一片天空下，而且只隔了一道城墙，可以听到彼此的心跳，闻到彼此的呼吸，共同保守秘密。这样，足够了。

他去庙里烧了一炷香，佛用悲天悯人的眼睛看着他，告诉他，因果有定，不可强求。他去戏院看了一场戏，那些装扮着浓重色彩的戏子，依旧在别人的故事里悲喜。他似乎悟到了什么，又似乎什么也没悟到。他开始发奋读书，徜徉在浩瀚的书海里，此时他才发觉自己纵是才高如许，也不过是书海里的一个水滴。昔日神童的称誉，以及乡试和会试的成功，也令他觉得受之有愧。历史似一片汪洋，有着滔滔不绝的内蕴和故事，每一阵波涛，都是一卷风云；每一朵浪花，都是一个传奇。纳兰觉得自己就是那个拾捡浪花的人，他要收集起这些散落的水珠，将它们重新汇聚成河流。

纳兰拜礼部侍郎徐乾学为师，徐乾学非常赏识这位青年才俊，他相信，终有一天，纳兰会如鸿鹄一样冲破云霄，去实现更远大的志向。纳兰并没有因为自己高贵的身份而骄纵，反倒虚心求学，在名师的指导下，搜集大量的史料，编撰一部阐释儒家经义的大型丛书。这段时期的纳兰，似一叶自由的扁舟，独自撑着一支长长的木篙，在历史的河道中游弋。多少次惊涛骇浪，他都让自己镇定如初，一路打捞着历史散乱的光影片段，不是为了复原什么，只是想在失落的文明里，挽住一些可以留存的记忆。

纳兰耗费了整整两年的光阴，汇编了一部《通志堂经解》。

书中收录了先秦、唐、宋、元、明的经解一百四十余种，共计一千八百六十卷。这部书一经问世，就轰动朝野，从内阁武英殿到厂肆书籍铺，一版再版。后来乾隆皇帝认为"是书荟萃诸家，典赡赅博，实足以表章六经"。他趁编修《四库全书》之际，命令馆臣"将板片之漫漶断阙者，补刊齐全，订正讹谬，以臻完善"，并作为《四库》底本刊布流传，以"嘉惠儒林"。

而当朝天子康熙，对这位大清才子更是赏慕有加。他久闻纳兰明珠的长子纳兰容若是位神童，精通骑射，熟读诗文。也曾有过几面之缘，印象中的纳兰是位英姿勃发的倜傥少年，但每次都来去匆匆，没有真正接触过。他命身边的小太监传诏纳兰，在北京西山一水院凉亭相见，他想和这位才子促膝交谈，不受君臣之别的拘束。这时候的纳兰还在编纂《通志堂经解》，但是康熙帝却迫不及待地想要见他。

西山一带林木苍翠，山岚雾霭，流泉飞瀑，鸟语花香。辽、金、元、明、清各个封建王朝的帝王，都喜欢这块山清水秀的风水宝地，在此修建皇家园林和私人别墅。纳兰家的明珠相国园也建在此方位，坐拥四季风景，山泉林石，雅致清幽。山林间有寺院几座，常有钟鼓之声，在幽深的山谷悠悠回荡。

当纳兰近距离地接触这位比自己仅年长一岁的天子时，他亦觉惊叹，心中被夺所爱的幽怨也烟消云散。因为眼前的康熙皇帝是那么英明睿智，他的风采，他身上那种帝王独有的霸气，是纳兰所不能及的。他们一起俯瞰锦绣山河，看万顷苍池尽在脚下，有一种征服自然的豪迈与豁达。亭中小酌，论及国家大事，纳兰为康熙气吞河山的襟怀所倾倒。他的王者霸气，激起了一个男儿宏伟的志向与热情的血液。而康熙亦被纳兰身上温情与柔软的气质所吸引，他自然是不知道他的秘密的，只感受着纳兰身上那股塞北男儿不曾有的儒雅与清绝。

康熙就是一只飞翔在旷野的鸿鹄，在广袤无垠的天空追风逐日，风云不尽；而纳兰则是一枝长在江南水岸的清越梅花，风骨洁净，情怀冰清。康熙看着纳兰在他面前落落大方，并不唯诺，便想起他素日以填词出名，于是问起他可有新作。纳兰恰好填过一首词，此时正值秋高气爽，他便随即读出以前写的《水调歌

头·题西山秋爽图》:

  空山梵呗静,水月影俱沉。悠然一境人外,都不许尘侵。岁晚忆曾游处,犹记半竿斜照,一抹映疏林。绝顶茅庵里,老衲正孤吟。

  云中锡,溪头钓,涧边琴。此生着几两屐,谁识卧游心。准拟乘风归去,错向槐安回首,何日得投簪?布袜青鞋约,但向画图寻。

  康熙没有多言,他深深被眼前这位俊朗的才子折服,他知道,不久后,纳兰终会为他所用。纳兰看着眼前的英明天子,他似乎觉得青梅表妹会慢慢找到自己的幸福。积闷了这么多日子,到此时突然觉得舒坦了许多,心中亦觉安慰。

  可纳兰终究还是多情的,回到家,看到清秋朗月,他提笔填了这两首《采桑子》:

采桑子

彤云久绝飞琼字,人在谁边?人在谁边?今夜玉清眠不眠?

香销被冷残灯灭,静数秋天,静数秋天,又误心期到下弦。

采桑子

拨灯书尽红笺也,依旧无聊。玉漏迢迢,梦里寒花隔玉箫。

几竿修竹三更雨,叶叶萧萧。分付秋潮,莫误双鱼到谢桥。

他的词,仿佛在为那段逝去的爱情做最后的哀悼,因为另一段幸福已经离他很近,近得只有一步之遥。

琴瑟和鸣

幸福有时候真的就在身边,只是你被悲伤和忧愁遮住了双眼,误以为所有的喜悦和快乐都很遥远。上苍是公平的,它就是一杆平稳的秤,称得出人间离合悲喜的重量。所以,冷暖往往是分两不差,你寒凉的时候,有等量的温暖等着你;你悲哀的时候,等量的欢喜也在路上。

北京的冬天很冷,接连下了好几场雪,明珠府花园的梅花争相绽放。都说梅花报春,意味着祥和与喜悦,草木最有灵性,知人心意。明珠府确有一桩大喜之事,康熙帝给纳兰明珠的长子纳兰容若赐婚,娶两广总督卢兴祖之女卢氏。这一年,纳兰容若二十岁，卢氏十八岁。关于卢氏，史上没有太多记载，只知她到夫家后名为纳兰爱梅，所以我们便唤她意梅吧。

接到圣旨的时候，纳兰明珠夫妇万分欣喜，一则因为卢兴祖之女卢氏出了名的端庄贤惠，颇有才情；二则因了青梅那件事，纳兰脸上难见欢颜，且体弱多病，明珠夫妇希望此次新婚可以喜庆些，让他彻底走出往日的阴霾，重新振作。而纳兰的心里则有万千滋味，他觉得自己已经可以平静地怀想青梅表妹，却无法这么坦然地接受另一个女子。他又似乎在期待他美丽的新娘，因为这样便可以忘记从前，重新开始。开始就意味着结束，如果可以交换，纳兰或许愿意割舍旧爱。

连日来，来府里道喜的人络绎不绝，纳兰容若周旋于这些人当中，思绪也被填得满满的，几乎没有时间空落。只有夜晚是属于自己的，夜晚时，他会褪去所有华丽的装束，让自己沉浸在词的意境里，泡一盏茶，品味淡淡的落寞。寒梅疏影，探窗而入，他记得父母说过，他出生的时候，院子里的梅花开得极艳，似要吐露所有的芬芳。梅是知己，他看着窗外幽清的梅，题了一阕词。

写完后,又附上一首:

眼儿媚·咏梅

莫把琼花比淡妆,谁似白霓裳。别样清幽,自然标格,莫近东墙。

冰肌玉骨天分付,兼付与凄凉。可怜遥夜,冷烟和月,疏影横窗。

眼儿媚

独倚春寒掩夕霏,清露泣铢衣。玉箫吹梦,金钗画影,悔不同携。

刻残红烛曾相待,旧事总依稀。料应遗恨,月中教去,花底催归。

大婚之日,纳兰容若着一袭锦红华服,骑着白色的高头骏马,是那么俊朗高贵。这个从小被称为神童,长大后又才华冠京城的新郎官，惹来百姓的围观。这是一场盛大的婚宴，璀璨的烟花似要燃烧所有的热情，和人间欢爱同生共死。

明珠府里一派花灯锦绣，正门、侧门、偏门以及花园里所有的曲径廊道、亭台楼阁都挂满了红灯笼。拜过堂，纳兰容若牵着凤冠霞帔的新娘走进新房。红烛昏罗帐，大红的鸾凤床，富贵的鸳鸯枕，精致的并蒂莲。他手持如意秤杆，心里有些忐忑不安。挑开喜帕，他看见低眉顺目的新娘，娇美的脸上泛着红晕，微微浅笑，妩媚动人。纳兰容若不禁为这位新娘的美色心旌摇荡。琥珀杯，琉璃盏，迷糊喝下交杯酒，那么近的距离，都可以闻到彼此的呼吸。

新娘端坐在床边，熠熠红烛照着她美丽的脸庞，使她显得更加妩媚多情。纳兰看着窗外那剪幽清的月，醉意渐消。他沉默着，心里有一丝欣喜，亦有深深的叹息。

她起身来到他身边，那般端静娴雅。她的手轻搭在他的肩上，轻启红唇，微笑道："容若，我是意梅。"一个微笑，一声呼唤，一个名字，令纳兰心生无限想象。窗外，疏影横斜，暗合了她名字的意境。这个叫意梅的女子，自小就从她阿玛那里听到过纳兰容若的名字。他是大清的神童，骑射诗文无一不精。纳兰的词早已流传到民间，意梅读过。读他的词，她明白，纳兰无意功名，她懂得他繁华的寂寞。

无须太多言语，只需给他一个温柔的眼神，一句暖心的话语。纳兰想不到，他的新娘竟是这么一位落落大方、娴静美丽的女子。他温柔地与她对视，他的妻，这位叫意梅的女子，分明有十分媚骨、七分容颜、三分冷傲。他在心中筑起的那道墙，只因她一句话就颓倒了。可他依旧那么不动声色，仿佛自己的动心意味着背叛，他不是一个薄情的男子，做不到在新婚之夜就彻底将旧爱遗忘。

她懂，她知道他心里曾经住着一个人。聪明如她，不会看不出他在努力拒绝。但她爱这个男人，从不曾见到他就开始爱他，当他挑开她的喜帕，她看到他一身锦衣华服，那么俊朗，那么高贵，就像一团绛红的云落在她身边，将她笼罩。她告诉自己，拼尽一切，也要将自己交付于他。

她轻执他的手，那么坚定，坚定得令纳兰几乎不敢看她的眼神。"看着我,看着我,你的心就会温暖。"意梅安静而温柔,尽管她这么主动,但她的声音一直都是舒缓平和的,令纳兰不安的心渐渐趋于平静。

他喜欢这样的女子,善解人意,娇俏静美。她的微笑,她的贞静,像极了青梅表妹,但又不是她。如果说青梅是一朵梨花,是一枝荷,那么,意梅就是一枝素净的梅,是一朵优雅的牡丹。这样的女子,他无法不心动。他忽然觉得,这一切都是上苍的安排,它曾经夺走了他的至爱,如今却还给他一位绝代佳人。他应该满足,应该珍惜,应该感动。

熠熠红烛,结着灯花,满屋子都是沉香屑的香味。良夜春宵,卷帘而坐,发簪被轻轻地取下,黑发如流水一样倾泻下来,拂过他的脸。他最后一丝醉意被拂去,帷帐里,朦胧的灯影下,他的新娘温柔似水,不容抗拒。

她是个敢爱的女子。她偎依在他怀里,轻解他的领扣。他搂紧她的腰身,轻解她的盘扣。她的唇贴上他的唇,好凉;他觉得这女子,唇是这么暖。她要用自己的情,焐暖这男子的心。她要做他的床前明月光，做他的心头朱砂痣。不为了取代谁，不为了驱赶谁，只为在他心里，有一席属于自己的位置。

挺起芙蓉背，帐底尽风流。纳兰感觉得到，这个女子似要将自己的一切都交付出来。他感到自己心中最后的一丝抵触被她的温柔摧毁，直到她微躬着背脊，蜷缩着身子，手紧紧地拽住他的臂弯。他似乎意识到什么，才深刻地将她挽入怀中。这是他的新娘，从此，她将走进他的生命，住进他的心里，融入他的骨血。不会再有分离，不会再有背叛。

第一缕阳光透过窗格落在他们的新房里，红色的地毯上，有粉尘轻轻飘飞。纳兰看到这微小的生命，亦有着生动的内涵。他怀里的新娘，因为昨夜的累，这会儿正枕在他的臂弯里睡着，嘴角带着甜美幸福的笑。他仔细地打量她的容颜，端庄的五官，双眉似月，清秀的脸，似一朵雨后的云，他忍不住轻轻吻了她。

她假装睡着，因为她贪恋这个坚实的臂弯，昨夜的凉成了今晨无尽的暖。她用柔情征服了他。这个故作冷漠的男子，其实有着比任何人都要温软的心，只是没有人懂得。可她懂，以后的日子，她要好好执着他的手走下去，荣辱与共，甘苦相随。

窗外那枝凝着霜露的梅，在阳光下晶莹剔透。纳兰明白了，今生注定要与梅花一样的女子结缘。曾经那朵青梅成了往事，如今他的生命里只有一枝意梅。她无意遇见他，执意走进去，用写意的心情消解他的惆怅，用平静舒缓他的不安，用温暖焐热他的寒凉。

他们终于拥有了彼此。她决定，这一生，只爱这一个男子。他决定，这一生，都不负这个女子。这一年，他二十，她十八。他唤她意梅，她唤他容若。

迷途知返

你相信缘分吗？佛说，前世五百次的回眸才换来今生的一次擦肩而过。我们的前世，都有过一段或几段约定，所以才会有今生的相逢和拥有。所有的邂逅都缘于因果，得意的人称之为缘分天定，失意的人称之为孽缘情债。无论结局是喜还是悲，我们都该坦然接受。顺水而行，在某个渡口，在纵横交错的路径，找寻属于自己的舟楫。也许是过客，也许是归人，都不重要，过往的时间只在背后渐次荒芜。

纳兰信缘，缘有深浅，他和表妹青梅是一段短暂的缘，他和妻子意梅亦是一段缘。意梅在纳兰脆弱的时候出现，看到他目光里的伤痕，看到他优雅背后的狼狈与感伤。凉风袭来，整个明珠府花园都飘溢着幽清的芬芳，院内已不知梅开几度。纳兰容若一袭白衫，俊朗绝俗，手持宝剑，在梅树下舞醉冬风。梅落纷纷，如那些经年的往事，落地的那一瞬，那么决绝，不再回头。

意梅取出白纱绢，为他轻拭额上的汗，那么温柔的笑，就像枝上一朵洁净的白梅。纳兰情不自禁地握住她的手，她含羞低眉，语笑嫣然。这些日子，纳兰应该是幸福的，他有温柔贤惠的妻一直相陪。她为他红袖添香，为他洗手做羹汤，每天用温暖包裹着他，不让他有多余的时间去感伤、去寂寞。只是在有月亮的晚上，他静下心填词的时候，才会记得自己不是人间富贵花，而是人间惆怅客。那份词客的情怀，会时不时地涌上心头，给他一种疼痛的喜悦。

冬天还没有跟任何人挥别，春天就悄悄到来。所有的草木都来赴一场春的盛宴，只有一些蜗居在冬天的人，在约定好的日子里缺席。有些人，在赶往春天的路上邂逅美好，和姹紫嫣红的春景演绎一场红尘情事；有些人，在赶往春天的路上死亡，留下梦断尘埃的叹息。这就是宿命。春天，这个意味着重生的季节，亦会有消亡。

夜凉如水,纳兰容若临案填词,仿佛文字才是他生命里最大的喜好。意梅取了一件风衣,披在他略显单薄的肩上。她的眼睛,就像一潭清澈的水,纳兰每次看到,都重寻平静。桌上的词,墨迹未干,散着淡淡清香,她喜欢闻这味道,喜欢和纳兰容若相关的一切。

清平乐

风鬟雨鬓,偏是来无准。倦倚玉阑看月晕,容易语低香近。

软风吹过窗纱,心期便隔天涯。从此伤春伤别,黄昏只对梨花。

意梅知道,自己始终还是不能彻底温暖他的心。纳兰不仅是府中长子,拥有人间尊贵,还是个词人。他总是让自己端坐在云上,俯瞰人间烟火,那份诗情和画意,始终要与红尘疏离。她只能做一只洁白的蝶,摊开幸福的双翅朝他飞去,一生为他而舞。

她知道，他心里有那么一个女子，她不问，尽管她很想知道他们的故事。她也可以做到平静地听他诉说，可她不问。她温柔地伸出手，低低对他说："让我看见你的幸福，我也要让你看得见我的幸福。"

他看着眼前的女子，垂手明如玉，皓腕凝霜雪，那么安静，纯如清泉。她可以将自己的忧伤隐藏得那么深，只将美好交付于他。他空落的心，被她一点一滴地填满。可他，总是会不经意地将她冷落，他甚至觉得自己有些自私。

她说这是债，人到世间都是为了还债，还清了自会离去。她说这话的时候，平静自若，似乎深晓世事，自持一份淡定，爱自己所爱，喜自己所喜。可纳兰看着她这种平静，会心痛，他宁愿她只是一朵洁白的梨花，在春风拂过的枝头温婉地笑，不知人世忧愁。

纳兰喜欢水。这些日子，他白日和爱妻泛舟湖上，看桃红柳绿，烟波画楼，一起吟诗对句，喝酒闲聊，他渐渐发觉了爱妻的好。她不仅温柔端庄，诗词亦是精妙。他空瘦的心，于是在水中渐渐丰盈。

她喜欢刺绣，绣梅、绣荷、绣兰，都简单素净，淡淡雅雅。每次她低眉作画，他都喜欢在一旁静静看着，不多言语，若有所思。她说她不喜欢绣鸳鸯、比目，因为有一天，鸳鸯终会单飞，比目终会失伴，缘来缘去，早有安排。

她为他煮青梅酒，在有月亮的晚上为他抚琴。飞花落在弦上，像极了那段苍翠的青春，只是往事已随漂萍，流向远方。情感有时候只是一张纤薄的纸，被似水的年华打湿，就算拿到阳光下晾晒，也还是会有褶皱的痕迹。

他用很平静的语气，告诉她一段青梅往事。曾经有那么一个如梨花一样洁白的女子，是他所爱。他唤她青梅表妹，她唤他冬郎表哥。她总是安静地倚着长廊绣一朵并蒂莲，总是微恼着说自己绣不来鸳鸯。她喜欢在静夜里抚琴，她说过，冷香拂断相思弦。他们没有说过爱，但他们心里明白，那是爱。他说这些的时候，脸上从容淡然，没有忧伤，甚至连一声叹息都没有。

纳兰以为，这样的诉说不是伤害，当一个人明了另一个人的一切，只会更加懂得和珍惜。他信他的妻，从来都信。流年如风，会吹去一切过往，无论是欢喜还是悲伤，都会消逝成云烟。他有的只是现在，是当下。

意梅只觉心中清澈如水，日后，再不会相问、相疑，只一心好好温暖这个感伤的男人，爱得了一日是一日。她做不了那朵洁白的梨花，便只做自己，做为他而生的风景，做他笔下的水墨，水样清浅，洇开成一朵意梅，不负他一生的情怀。

纳兰容若重拾心情，每日每夜翻读史书，终于完成那部《通志堂经解》的编纂。他的才名再一次轰动朝野，受到康熙帝的重视，被文武百官称羡。这段时间，纳兰熟读经史，又开始学习天文、地理、佛学、音乐、文学等方面的知识，为另一部著作做准备。

纳兰明珠看到儿子又重新找回属于自己的那片天空，实感欣慰。纳兰容若就像一只大雁，在苍茫无垠的天空展翅，被浮云迷乱了双眼，被雨露打湿了双翅，迷失了归途。如今，他终于解去束缚，冲破云霄，找回了自己曾经的那片天空。

有了温柔贤惠的娇妻，有了烜赫一时的才名，有了纳兰府长子的尊荣，纳兰不知道自己还缺什么，可每次荣耀之后，他都会感到有一种莫名的落寞扯住他的心肺。那种疼痛无法言说，像是前世带来的病症，今生不能摆脱。他视这病症为自古文人相通的，无论一个人有多么高贵的身份，多么美满的人生，内心深处都有深刻的负累、无法解脱的忧伤。

父亲明珠劝纳兰继续发奋努力，参加进士考试，弥补当年因寒疾落下的遗憾。意梅每日为纳兰红袖添香，陪他挑灯夜读，尽管她并不在乎自己的夫君能否取得功名，她真正要的只是他顺意，要一份现世的安稳。但她明白，纳兰明珠对儿子希冀甚深。这不能摆脱的身份让纳兰有责任付出，并且以他的才情，应该有更大的作为，应该为国倾力，而不是每日陪在她身边吟风赏月、抛散浮名，做个闲云野鹤般的风流高士。

苍茫人世，几多浮沉，几多沧桑，每个人都朝着自己的人生方向行走。一路上坎坷难料，可是必须风雨兼程地走下去，完成某个夙愿，了却某段缘分。无论繁复还是简单，岁月都是那般短长，我们无处逃遁，也无须逃遁。

銮殿高中

人生一世，如白驹过隙，年华转瞬即逝。一生仿佛就是为了看一片叶子由抽芽到落地，看一只蝉虫由出生到老去，看一朵昙花由含苞到凋谢。苏子说："客亦知夫水与月乎？逝者如斯，而未尝往也；盈虚者如彼，而卒莫消长也。盖将自其变者而观之，则天地曾不能以一瞬；自其不变者而观之，则物与我皆无尽也，而又何羡乎！"

潇洒豪迈如东坡居士，总是让迷惘的人豁然开朗。然而，纵有高才雅量，亦会有不合时宜的悲凉。历史，就像一个装载了无数记忆的老人，深邃而沉默。他见证过无数热血英雄披荆斩棘、策马扬尘，凭着过人的才智与谋略、锋芒和霸气统一河山；也见证过无数墨客文人十年寒窗、日夜苦读，凭借过人的才华和胸襟、坚定和信念封侯拜相。胜者为王，败者为寇，胜者在史卷上千古流芳，败者湮没在茫茫风烟里。

所谓千帆过尽，因为见证过百舸在江河上竞逐，走过万水千山，才甘愿寄一叶扁舟，独做江边渔父。生命是一个过程，从平淡到复杂，再从繁复到简单，只有经历过，才不算遗憾。一个波澜不惊的人，是因为他曾经有过惊涛骇浪，所以淡定从容。一个无所谓的人，是因为他曾经拥有过，有过才可以无所谓——倘若不曾有过，又何来无所谓。我们所看到的隐者，都是脱下征袍、抛散浮名的人，他们品尝过世情百味才归居田园，与山水为伴，闲对春花秋月，一壶浊酒度尽余生。

纳兰容若，自问是英雄，亦为词人。他虽不是世间功利客，不慕虚名，却亦有远大抱负。他并不甘愿做沧海里的一颗沙砾，渺小若微尘，也不奢望在大清的土地上留下一座不朽的丰碑，只是想在人生的书页上记下真实的一笔，也算不辜负上苍赐予他的宝贵生命。

清朝统治者长期以来被汉人文化熏染，慢慢接受并且喜爱上这种氛围。他们渐渐丢下刀剑，拿起笔墨，逛戏园，玩味古董艺术，再不是从前那些只懂得驰骋疆场的野蛮汉子了。他们将园林建在山水灵逸之地，狭小帐篷换成亭台楼阁，策马狩猎换成锦衣玉食。过往的游牧生活、林海雪原、大漠风情，被古典庭院、杏花烟雨取代。时间可以改变一切，改变根深蒂固的思想和习惯。一个人原本是没有故乡的，当他在一个地方居住久了，就会被当地的文化和习俗所感染，而后在那里创造生活、耕耘日子，那里也就成了他的故乡。

康熙帝提倡以儒家思想为本，试图用亲近儒家思想来感化汉人，消除他们对满人心理上的隔阂。纳兰容若身上虽然流淌着满人的血，但他骨子深处却有着许多汉人都不能及的儒雅和情怀。对于上次未能参加殿试，他深感遗憾。这些日子，他挑灯夜读，不仅为收集史料，编著新书，也为博取功名，熟读八股文章。

康熙十五年（公元一六七六年），纳兰容若补行了殿试，一举高中，被录取为二甲第七名。他所取得的成绩，对满族出身的读书人来说，已算佼佼者。纳兰廷对时，析理之谙熟，几乎在一些朝廷中的宿儒之上。康熙对这位青年才俊极为喜欢。在文武百官的眼里，纳兰就是一只展翅翱翔的雄鹰，而朝廷必会有一片广阔的天空任他遨游。

明珠府再一次张灯结彩，似乎所有的喜事都由纳兰而起。他成了纳兰世家的骄傲，纵是身为宰相的纳兰明珠，也不及他这般荣耀。他的不平凡，他的出众，不仅因其高贵的身份，还有他卓然的容貌、翩然的风度、旷世的才华，以及太多别人所不能拥有的气质。这样一个集世间优点于一身的人，被推向人生最高境界，却有着平凡人不可体会的寒凉。

高处不胜寒，是纳兰这段日子以来最深的体会。可是一个人闷在井里，又难免感叹人生的狭隘，有着一身才华无处施展的失落。自古以来，多少人在矛盾中挣扎，为求完善，不断地超越自我。可是也有许多人，穷其一生也无法让自己颖悟超脱。聪明如纳兰，又将如何呢？

每当纳兰独自一人、郁郁寡欢之时，他的妻意梅都会在一旁宽慰他。一盏清茶，一杯淡酒，一曲琴音，缱绻温情，总能抵消他心中的寒意。纳兰觉得，人生虽不能碌碌无为，但功名于他也只是浮云过眼。这一生，他只想继续留在翰林院修书，搜寻古迹，找回一些逝去的文明；和爱妻琴瑟相和，每日闲游山水，执手相看，不离不弃；和文友填词作赋，煮酒闲话，不尽风雅。

但人生的路，不是你想如何走，就会按照你的念想去安排。就像一株树，不是它想长成什么样子，它就会是什么样子，风和光会让它不由自主。世间万物，都要遵循自身的规律，结局你也许可以预料到，可是过程，有的时候，总是会令你措手不及，防不胜防。每个人都要走过山重水复，才能抵达沧海桑田。在这个漫长的过程中，会有许多身不由己。

才高如纳兰，尊贵如纳兰，自负如纳兰，却也有难以言说的悲哀。当所有人的目光都聚集在这位才子身上时，他带着所有的期许，接受天子的嘉用。然而，对他赏慕有加的康熙帝，却给了他一个出乎意料的官职。纳兰容若没有被留任在翰林院深造，继续与文字结缘，而是做了康熙的三等侍卫。也许康熙太过喜欢他，想要将他留在身边，随时可以驱驰，做他的臂膀；也许只是一时的兴致。无论是何种原因，帝王都无须顾及臣子的想法，此事已成定局。

皇帝身边的侍卫，听上去多么气派的官衔，可以整日陪伴在君王身边，一睹君王风采。这或许是许多人企盼一生都无法取得的成就。侍卫在满语里称为"虾"和"辖"。在努尔哈赤崛起之初，侍卫主要是由家丁充任，负责保卫、管理内务等许多闲杂事务。到后来，大多是由部落首领和宗室、勋戚子弟担任，可是家丁与奴仆的地位并没有改变。他们依旧只是皇帝的一枚棋子，摆在皇宫的棋盘上，任凭皇帝驱使。他们不但无法把握命运的输赢，连选择黑白的权利也没有。才高傲王侯的纳兰，又怎么肯屈就做一枚棋子？

这只风云不尽的苍鹰，失去了自由，就意味着折断了双翅。折断双翅的鹰，纵有凌云壮志，又该如何飞翔？纳兰以出众的才华，潇洒地轻取功名，金阶玉堂，平步青云。可他厌倦如今的职位，轻看富贵，不屑仕途。他心里压抑的情绪，叱咤风云的帝王自然无从知晓。

清初有规定，一等侍卫六十名，正三品衔；二等侍卫一百五十名，正四品衔；三等侍卫二百七十名，正五品衔。到了康熙年间，随着皇权的加强，又将侍卫分为御前侍卫、乾清门侍卫和大内侍卫。御前侍卫和乾清门侍卫都由皇帝亲自选授，没有固定的名额。纳兰被选上侍卫，亦属此种境况。所以，他也只不过是诸多棋子中的一枚，白与黑，没有任何区别。他万千心绪，还是只能在词中排遣：

浪淘沙

红影湿幽窗，瘦尽春光。雨余花外却斜阳。谁见薄衫低髻子？还惹思量。

莫道不凄凉，早近持觞。暗思何事断人肠。曾是向他春梦里，瞥遇回廊。

浪淘沙

眉谱待全删，别画秋山，朝云渐入有无间。莫笑生涯浑是梦,好梦原难。

红咮啄花残,独自凭阑。月斜风起夹衣单。消受春风都一例,若个偏寒?

浪淘沙

紫玉拨寒灰,心字全非,疏帘犹自隔年垂。半卷夕阳红雨入,燕子来时。

回首碧云西,多少心期,短长亭外短长堤。百尺游丝千里梦,无限凄迷。

将世间的繁华关在门外,即便那是无限风光,终究还是将他辜负,将他遗弃。他需要给自己勇气,孤独地踏上一条寂静的路,不需要多少人懂得,不需要多少温暖,只要一份简单和纯粹。纳兰就是这样,落寞难当时,将万千心事、诸多滋味都调在水墨里,和着几阕清词,独自饮下,独自品尝。

御前侍卫

岁月无声，可日子有痕，每一天都真实地存在。虽说所有的悲喜和荣辱都会化作烟云，但人生到最后都会落满尘埃，裹上苍绿。这些尘埃和苍绿，就是痕迹，就是冷暖悲喜。在世人眼里，纳兰容若是风云不尽的人物，虽然职位不是高高在上，可他深得皇上荣宠。纳兰是三等侍卫，是棋盘里诸多棋子中的一枚，虽没有黑白之分，却是那枚被皇帝摆布次数最多的棋子。

纳兰追随在康熙身边，亲密程度就像康熙身上佩戴的一块美玉。一个是睿智英俊的帝王，一个是卓尔不凡的臣子，当众人对纳兰投来羡慕的目光时，纳兰却视若无睹。这不是荣耀，绝不是。

只有纳兰知道自己内心的压抑。一个从小无拘无束的富贵公子，一个思想天马行空的文人，一个爱好山水自然的雅士，即便深知君臣尊卑又如何可以忍受天子对他的驱使，那种招之即来、挥之即去的驱使。他觉得自己是奴，是仆，戴着宝石桂冠，却卑微如尘。

他虽是侍卫，责任是保护皇帝以及皇宫的安全，可更多的时候，他在康熙身边，则是与他唱和诗词，饮酒下棋。如此雅兴，却没有给纳兰带来快乐，因为他知道，自己此时就是一个书童。虽然康熙视他为知己，但君臣关系一旦确立，就永远都不能平起平坐。纳兰容若心高气傲，在康熙面前虽然落落大方，却也不能不顾及君臣有别。所以，任何时候于他而言，心里都有牵绊，都有顾忌。在这期间，康熙给了纳兰诸多的恩赏，他亦曾有过欢喜，可是欢喜之后还是回归落寞。

紫禁城像一个牢笼，里面囚禁了无数个犯人。男男女女，老老少少，无论身份是尊贵还是卑贱，都失去了人生最珍贵的自由。纵然是贵为天子的康熙，亦有着常人意想不到的无奈。他是万众瞩目的太阳，那种炽热的孤傲，会时常像火焰一样燃烧。在无法克制的时候，身边的人难免会被他灼伤。纳兰容若就是那受伤的一个，因为他比任何人都要骄傲，所以他伤得最重。

在紫禁城受伤的纳兰，回到明珠府总是郁郁寡欢。明珠夫妇不明白，明珠府的家丁不明白，可是他的妻子意梅却能深刻了解。她唯一能做的就是默默地待在他身边，陪伴他，减去他心头的烦闷。纳兰回到家，煮字疗伤，烹茶养心，红颜和诗词才是他的知己。他要的不是大浪淘沙、风云叱咤，只是希望可以静坐闲窗、无边风雅，做一个淡定的文人，每日吟诗填词、弹琴舞剑、撰写著书，而不是做别人的道具、别人的棋子，任人摆布。这不是他要的人生。

又是一年秋凉，康熙下旨要纳兰陪随他去京西郊外射猎。清朝皇帝狩猎要举行隆重的仪式，追随而去的官员都要表示忠心护驾行围，吃苦耐劳。皇帝命令扈从大臣们去奉先殿，向列祖列宗表示不忘"国语骑射"的家法。天子戎装征衣，随从亦穿征衣，配弓箭，浩浩荡荡的队伍有一千多人。选定好围猎范围，御营由黄幄帐、幔城和网城组成。皇帝选择了小围后，建一座方形黄色帐房，在外围设皇帝的看城。

次日天未晓时，参加围猎的八旗劲旅就准备布围，黄旗指挥，红、白旗围拢，蓝旗压阵。各旗按约定逐步缩小包围圈，将动物围在圈内，不许它们逃出。狩猎开始，皇帝要先跨马上阵追逐野兽，扈从的王公大臣、侍卫将士紧紧尾随。重围之内，皇帝先射中一物，以示天子独尊。之后，王公大臣和皇子们再奋勇争先，搜寻猎物，表现自己非凡的能力。围猎结束，皇帝要给予各种奖赏。旷野上将点起千百堆篝火，将士们将猎物烤熟，举行野餐。

纳兰容若接到圣旨后，心绪再度低落。猎场也是他所向往之处，纵横马上，驰骋风云，手持弓箭，射中猎物，而后点火炙烤，喝酒吃肉，无限豪情，这是一个满洲男儿最旷达豪迈的一面。可是当他被排列在诸多侍卫队里，浩荡的一群人，只是为了衬托一个高高在上的天子，所有的热情，所有的梦想，都变得毫无意义。

这样的狩猎不是友朋之乐，只是臣子取悦帝王的手段。可纳兰不屑，他并不想取悦皇帝，只想天马行空，自在逍遥。但他毕竟是皇帝的侍卫，所以他"上有指挥，未尝不在侧"。他无法彻底放弃,他的行为牵系着纳兰世家的命运,牵系着父母家人,因此,便有太多太多的身不由己。

独上小楼,栏杆拍遍,看天地苍茫,古今山河,终究心绪难平。他怅叹一声,吟咏了一阕《鹧鸪天》:

> 独背残阳上小楼,谁家玉笛韵偏幽?一行白雁遥天暮,几点黄花满地秋。
>
> 惊节序,叹沉浮,秾华如梦水东流。人间所事堪惆怅,莫向横塘问旧游。

清月升起,寒鸦啼冷。意梅给纳兰披上了风衣,在高楼上看着茫茫天际,亦生出无限伤感。这是他们新婚以来第一次离别,执手相看,这么多日夜,千般恩爱,已经禁不起任何相离,哪怕只是一小段时光,也不舍得。纳兰将意梅紧紧拥入怀中,想着行将别离的苦楚,心里亦觉不尽伤感:

鹧鸪天

雁贴寒云次第飞,向南犹自怨归迟。谁能瘦马关山道,又到西风扑鬓时。

人杳杳,思依依,更无芳树有乌啼。凭将扫黛窗前月,持向今朝照别离。

在清秋的早晨,他已经走远,她还在窗边守望。她没有呼唤,因为知道皇命难违,他不能回来。其实,她只是想和他静守炊烟,粗茶淡饭。多么微小的心愿,可是出生在一个相府之家,这样的心愿有如痴人说梦。

这些日子,意梅总是做梦,她梦见自己和纳兰之间总是隔着一道水岸,岸边没有一叶小舟。两个人遥遥相望,咫尺天涯,无论他们如何召唤,始终握不到彼此的手。她不知道这样的梦意味着什么,纳兰容若不是一个平凡的人,所以她要倾尽一切,维系这段缘分。尽管她有预感,缘分就像花开花落,人来客往,不得长久。

纳兰置身于浩荡的队伍当中，感到一种无以言说的寂寞。这种寂寞，和离别有关，更主要的是因为他不喜欢这个职位。事实上，侍卫们随行在帝王身边，算是亲军，品级要比普通行伍出身的将军高，但无论怎样，都摆脱不了为奴的命运。纳兰太自傲，就算他去翰林院修书，也同样是为皇帝办公，可他固执地认为修书是件有意义的事，远胜过在帝王身边唯命是从。

虽如此不悦，可他还是听命于王者，在围场上和众多王公子弟一起，跃马执弓，网罗猎物。纳兰终究是纳兰，韩菼说他"上马驰猎，拓弓作霹雳声，无不中"，徐乾学赞他"有文武才，每从猎，射鸟兽必命中"。这一次，他依旧出类拔萃，不落下风。一箭射中一头老虎，再度令康熙刮目相看，当即称他为最勇敢的猎人，御赐他佩刀。

万千人当中的寂寞，是真正的寂寞。篝火点燃夜晚，照见星空的温柔，帝王将相们欢聚在一起，享受人间盛宴。纳兰有幸坐在天子身边，受尽赞赏和荣宠，他的心里也有着短暂的愉悦和荣耀。因为他亦是一个热血男儿，豪迈与激情会在心底涌动。可他终究不喜喧闹尘寰，知道荣宠背后亦会有耻辱。所以他向往宁静淡泊，那种繁华背后的落寞，只有苍穹的一弯明月能知。他是词客，唯有词句，才可以让他抒尽平生意。

风流子·秋郊射猎

平原草枯矣，重阳后，黄叶树骚骚。记玉勒青丝，落花时节，曾逢拾翠，忽忆吹箫。今来是，烧痕残碧尽，霜影乱红凋。秋水映空，寒烟如织，皂雕飞处，天惨云高。

人生须行乐，君知否，容易两鬓萧萧。自与东风作别，刬地无聊。算功名何似，等闲博得，短衣射虎，沽酒西郊。便向夕阳影里，倚马挥毫。

当纳兰吟咏完这阕词，看天地寥廓，黄叶飘零，感叹人间功利似浮云过眼，远不及大自然真实永恒。多少嫣红阔绿，都成了残枝凋叶；多少功名利禄，都化作云烟消散。人生短暂，当及时行乐，倚马挥毫，方不负春风秋月的脉脉深情。

第三卷 人生若只如初见

只如初见

深夜,围场上所有的将士已各自坠入梦乡,山林旷野安静下来,品味自己的岁月沧桑。深秋的红叶,染透青山,夜色铺陈,林风阵阵。大自然变幻无穷,四季虽有规律,却亦会有意想不到的灾害。就如同一个人,从出生到死去,其间成长的过程,有太多不能预测的悲欢。

纳兰容若,一个伤感的词人,他的心始终向往山水清欢的淡定。当他看到林泉幽壑、苍松古柏、古庙亭阁、红叶空山,总觉得自己的前世应该属于这里。或是一个白发须眉的道人,在云间山崖采药,在松下和清风对弈。或是一个芒鞋竹杖的高僧,在竹林烹炉煮茗，枕流泉悟禅心。而今生，他是一个多情的墨客，有着高贵的血统、旷世的才华、贤惠的爱妻，亦青云直上，博取功名。他甚至不明白自己为什么还要忧伤。也许真的只是为了还债，红尘是责任，缘尽之时，才可以彻底了断。

纳兰的责任是陪伴在康熙帝身边，随时听命于他的调遣。纳兰发觉，康熙帝在其他朝臣面前表露出的都是睿智英明的一面，而每次和他在一起，则多半是一些酌酒品茶、吟诗填词之事，表现的是他的风雅，几乎与朝政无关。这令纳兰深感颓丧，自己在帝王的眼里，不过是一个寄兴的风流词客，并没有济世安邦之才。他虽淡泊名利，但一个恃才傲物的男人，不会愿意充当这样的角色。

此刻，纳兰陪同康熙品茶。夜阑人静，只听见篝火燃烧柴木的声音，还有秋虫最后的轻鸣。他们谈起了茶文化，以及壶的文化，这个在朝堂之上执掌天下的帝王，只希望在一杯清茶里，看到自己内心深处的澄净。八岁登基，十四岁亲政，平战乱，重农业，修水利，兴文重教，编纂典籍。纳兰每次和这位少年天子在一起，都自叹弗如。

这让纳兰感慨,每个人生下来都有其自身的使命。康熙生在帝王之家,他登基的时候,就注定此生不再只属于自己,他是天下万民的皇帝。纳兰容若生在相府,亦有其不凡的使命,可是他的性格不适合封侯拜相。也许康熙比谁都明白这一点,所以他视纳兰为知交,是那种可以交心的朋友。纳兰就是一道风景,康熙似乎不需要他有经国济世之才,只想他似一剪清月、一块美玉、一朵白云这般陪在身边。在他烦闷倦累时,纳兰可以似清风拂过,增添几许明净与清宁。

康熙亦对纳兰说情:后宫女子,他离不开皇后,忘不了皇贵妃,但他的至爱是纳兰的青梅表妹,一个明净无尘、淡如秋水的女子。康熙明知她是纳兰的表妹,甚至感觉她一直幽闭心门或许是为了这位倜傥才子,但他不想追究真相,因为他告诉纳兰,她是唯一可以让他为爱低首、为爱放弃一切的女子。可她永远都是那么淡定,像一湖无波的水,看不见一丝浪花。那种冷艳,那般温润,让他连生气的理由都找不出。

纳兰会情不自禁地想起那个小小的女孩,与他青梅竹马、两小无猜的女孩。也许是因为时光的打磨，他对青梅表妹的情感有了些许改变。因为陪伴在他身边的娇妻美丽温柔、成熟内敛，而表妹在他心里，似乎永远都是那朵洁白的梨花与素净的荷花，让人不忍亵渎。他甚至觉得，表妹应该爱上康熙，应该和他郎才女貌，长相厮守。有些缘分，注定了时间的短长，缘分过了，就再也不是那般滋味。纳兰不明白，是他高估了自己，还是表妹早已将他尘封在心底，用她的针线，将过往的记忆缝得严实，密不透风。她如今的淡定，只是为了让自己在后宫可以过得平安。她在保护自己。

纳兰一直想将青梅表妹搁置在时光的角落，在无人的时候，偶然想起，如品酌一壶青梅酒。他为自己的想法感到羞愧。世俗的眼光如芒在背，他自认为可以洒脱自如，对一切都不管不顾。其实，都是为了掩饰内心骄傲与脆弱的借口。他叛逆，却没有勇气；他挺直背脊，却总会不小心弯腰低头。

这就是世俗，他努力让自己在粗糙里活得优雅，在喧闹里活得清宁，可他始终脱不去那件富贵的华衣，离不开人间烟火。他曾经以为，自己真的是那枝凌寒开放的梅，与冰洁的雪花日夜缠绵，但最终还是在人生错综复杂的路上迷途，做了帝王的一件摆设。有些骄傲的狼狈，有些愉悦的痛苦。

他翻读《长恨歌》，想起唐玄宗和杨贵妃，想起康熙和青梅，还有自己和意梅。诸多的遗憾和纠缠，在冷暖的尘世交织，令他心中泛起波澜。人世间的爱，不分尊卑，无论你是帝王还是布衣，爱情对任何人都是平等的。巍峨壮丽的宫殿，甚至比简约的柴门茅舍还要寒冷。

一代明君唐玄宗，曾经横扫天下，最后却没能在马嵬坡拯救自己心爱的女人。他身为帝王，可以手持权杖呼风唤雨，却有着不为人知的无奈和悲哀。一曲《霓裳羽衣》之后，杨玉环用长长的白绫了断了自己。她看着满鬓华发的玄宗，仿佛连眼泪和叹息都是多余。曾经气吞山河的帝王，到头来，只能靠女人来换取江山，换取太平。那些所谓的热血男儿，总是将所有的错都归结于红颜，仿佛所有的祸都是红颜闯下来的。

也许青梅的平静冷落是对的。在后宫，皇帝的宠爱是利剑，会穿心;是毒药,会穿肠。纳兰知道,她要的是平凡布衣的生活,在烟火人间和她心爱的男子过简单的日子,和一只鸟儿、一根藤蔓、一座院墙、一弯月亮诉说心事。可他终究还是辜负了她,念及此,纳兰提笔写了一阕词:

木兰花·拟古决绝词柬友

人生若只如初见,何事秋风悲画扇。等闲变却故人心,却道故人心易变。

骊山语罢清宵半,泪雨零铃终不怨。何如薄幸锦衣郎,比翼连枝当日愿。

"人生若只如初见"这句词,令人惊心。想这世间男女,从相逢到相爱,又从相爱到相依,多少人经得起平淡的流年?没有谁,可以断定自己的情感会一如既往。那些走到最后,淡漠了悲喜的人,总会感叹,人生若只如初见,如初见时那般美好,那般憧憬,那般柔情。我们都是平凡的人,有着七情六欲,有爱就会有恨，有聚就会有散，有开始就会有结束。所以，总有一天，我们都要南辕北辙，下落不明。

在围场的日子不算久长，可纳兰却觉得已过了几个春秋。他无心欣赏大自然的美丽，因为他日夜思念爱妻。离别，可以让你看清一个人心中真正所爱，那个你日夜牵挂的人，就一定是你缘定一生的恋人。他的心，除了尘封的那个角落给了青梅，其余的都被意梅填满，甚至把他在帝王面前的落寞以及内心深处的空虚都填满。爱情，在不曾遇见的时候，我们或许不知道它究竟是什么，一旦邂逅，就再也离不开了。

狩猎行期一结束，纳兰就快马奔腾赶回家。当意梅看到纳兰怀揣着几枚落叶，一身风尘立在她面前时，她所能还的，只是几行欣喜的眼泪。小别胜新婚，爱妻为他洗尽客袍，为他青梅煮酒，为他挑灯添香，为他抚琴寄兴。红绡帐里，并蒂花开，鸳鸯同飞。纳兰深刻地明白，自己做不了一个叱咤风云的将相王侯，只适合做一个温柔的词人，在情爱里日夜缠绵，在直抒胸臆中流芳千古。他来人间是为了还情债的，他华贵的出身、旷世的才华，都是为了让他这一生惊心动魄、不同凡响。

在华清的月光下，纳兰一次次过滤世间的污浊，净洗自己的灵魂。他知道，真正的幸福是那些躲在尘俗背后的时光。他深刻地爱着，却依然会感叹，人生若只如初见。

远赴塞外

无论命运是一波三折还是平坦通达，这一生，它都会紧紧地追随着我们，不离不弃。直至走到人生的黄昏，回首过往年少，都是云里来梦里去。那么多爱与恨、悲与欢，在流淌的时光里，皆成了飞蛾扑火，甚至连灰烬都没有。可我们依旧执着于过程，每一寸光阴都要亲历，以为只有百味皆尝，才是完整的人生。

纳兰就是陷在宿命的旋涡里，身不由己。围猎回来之后，康熙给他加官，从三等侍卫升为二等侍卫。他既是英俊潇洒的武官，又是诗词风流的文人，康熙喜爱他，或许也就是因为他文武兼备。纳兰容若被众人羡慕的时候，也不乏一些小人妒忌。纳兰明珠在朝廷中的地位可谓一人之下，万人之上，其间也结下了不少政敌。那些人妒忌纳兰容若，有时甚至放出明枪暗箭，让这位多愁善感的词人感到莫名的烦闷。他是一个纯粹的人，不愿意和这些人争名夺利，可是父亲显赫的身份让他无法置身事外。

所以康熙给纳兰晋升二等侍卫，无疑是给他上了金枷玉锁，就像一匹超凡脱俗的千里宝马，被抛掷在万千庸常的马匹间，套上缰绳，无法实现它宏远的抱负和凌云壮志。纳兰一心只想在翰林院修书，每天濡染墨香，这样虽做不了闲云野鹤，却亦可以避免许多倾轧。侍卫工作简单乏味，占去了他太多精力和时间，一身才华与学识，只能在与皇帝细碎的交往中体现，无法得到远大的施展。纳兰容若，一只笼中金丝雀，过着养尊处优的日子，却丢掉了活着的真正价值。

围猎回来不到一个月，纳兰容若便被安排陪同康熙皇帝出巡塞外。遥遥征途，此行一去，又是天涯，不知几时才能回到京师。纳兰和妻子卢氏自是难舍难分，无奈君命不可违抗，纵有再多的不舍，也难免一别。不过，倘若纳兰不生在富贵之家，没有功名缚身，没有身不由己，没有言不由衷可以与相爱的人朝暮相处，过着山水淡泊的日子,他的词作是否还会如此感伤?他与尘世走得越近,他的心就越加淡漠与疏离。而他的词,就越有五味纷纭。不幸是文学的温床,不知是谁这样一语道破玄机。

策马扬尘,黄沙滚滚,这该是他第一次真正远赴塞外。他的祖先就是在马背上夺取江山的。他们曾经在关外牧马放羊、喝酒吃肉,无比旷达豪迈。可他们心中却一直倾慕南国的花柳繁华,觊觎中原富饶辽阔的河山。横空出世的努尔哈赤,带领八旗铁骑忧愤而起,后来他的儿子皇太极,摧毁了大明坚固的城墙,也惊醒了明崇祯皇帝的帝王之梦。

自毁长城的大明江山像一轮落日,隐没之后,就是漫长的黑夜,取代它的必定是一个崭新的王朝。黄尘湮没的古道,硝烟弥漫的战场,连同刀剑上的血迹,都已经岑寂如风。满人用荒蛮野性战胜了懦弱胆怯,告别苦寒贫瘠的塞外,在文明的疆界坐拥河山,君临天下。纳兰想到这些,禁不住热血沸腾。

当他行至塞外,看到漫天飞舞的雪花,西风大漠,寒月胡笳,亦给他心中增添了几许悲旷的苍凉。他的词作随着他的行程飘至塞外，共赴天涯：

> 采桑子·塞上咏雪花
>
> 非关癖爱轻模样，冷处偏佳。别有根芽，不是人间富贵花。
>
> 谢娘别后谁能惜，飘泊天涯。寒月悲笳，万里西风瀚海沙。

纳兰这首《采桑子》，和他往日的京华词相比，有了不同的风情，毕竟是在塞外，毕竟是不同的风土人情。纳兰将雪花比喻成世间百媚千红的花朵，但它的根芽却不出自泥土，而是来自天外。所以它轻浮游弋，可是群芳尽落之时，它与众不同的美丽，是那样惊艳绝俗。纳兰就是这片雪花，不属于绚烂富贵的金粉世界，他的美不能与世俗中的牡丹、芍药为伍。倘若要一片雪花丢掉它寒冷的世界，与百花一起生长，它还能存活吗？而纳兰，本是一位属于清逸山林的词客，却生长在富贵之家，奔忙于仪銮之侧，这样的生活，如何能给人幸福？

就像一朵花，长在岩石间；一条鱼，漂游在浅滩上；一只鸟，囚禁在笼子里。就像一个神仙落在凡尘，一个淑女嫁给屠夫，一个雅士奔赴战场。给了再高的荣耀，再华贵的生活，也不可能会开心、会幸福。人生有时就是一个错误，错误的开始，错误的忙碌，错误的结局。错误地将这朵寒冷的雪花，丢在温暖的南国，看着它消融、死去。错误地将一个风流才子，束缚在富贵之家，每天玉粒金莼，却饥饿难当；华服高冠，却衣不蔽体。明知道是错误，在注定的悲剧里，你依旧要行走下去，哪怕在不属于自己的空间里生存，依然要维持着呼吸。没有谁可以体会到这种繁华中的凄凉，甚至会被认为所有的愁怨和痛苦都是无病呻吟。

纳兰容若真的是故作疼痛吗？作为一个骨子里的文人，他的思想不能用常人的标准来评判。世人都明白，红尘雅客需要寻找的是雪月风花的意境，是高山流水的知音。任何用脂粉、名利堆砌的华贵，他们都视若灰尘。他们的心不能与红尘并肩而行，只能疏离，去追寻一个可以相知的人或者物。就如同雪花也曾有过一个红颜知己，当年谢道韫将雪花比拟成柳絮，被世人称作咏絮才女。她与雪花就有这么一段尘缘。如今那位咏絮佳人早已红粉成灰，这来自天外的雪花，又回到以往的孤独，它还能在纷扰俗世中找到另外一个知己吗？

知音真的那么重要吗？自古以来，多少人一生只为等待一个知音。当年子期死，伯牙在他坟前抚完平生最后一支曲子，摔断凤弦，酬谢知音。豪情万丈的爱国英雄岳飞，也在无眠之夜拨弄琴弦，发出"欲将心事付瑶琴。知音少，弦断有谁听"的无声呐喊。才高笑王侯的苏轼，也自比孤鸿，写下"拣尽寒枝不肯栖，寂寞沙洲冷"的落寞之句。士为知己者死，女为悦己者容。一个满腹才学的雅士，需要找到一方属于自己的天地显山露水，又怎么甘愿碌碌一生？一个绝代风华的红颜，要找到一个为她可弃江山的英雄，又怎么愿意为他人作嫁衣？

谢娘别后谁能惜？纳兰心中那位离别的谢娘，是青梅表妹。虽然对青梅的情感已有了转变，可是毕竟从小一起长大，失去青梅表妹，宛若失去了知己。纳兰想起了妻子意梅，她的出现让他的情感有了依托，她给了他温柔的相知。今日漂泊天涯，更让纳兰想念爱妻的好，倘若没有这份交集，他不知道自己是否还可以支撑着走完以后的路。万里风沙的塞外不是故乡，他的故乡在京师，因为京师才有他牵挂的人。心之所系的人在哪里，故乡就在哪里。尽管纳兰说自己是一片雪花，这极寒之地却不是他的天堂。

他原本想要做一个出世者，漫步在云端，漠然地看着世间一切，看着那些来来往往的行人，看着他们的离合悲欢，却不料，自己坠入烟火最深的红尘，在烈火烹油的家族出生成长，在鲜花着锦的皇宫承担使命。这样旺盛的气焰与华丽，仿佛在催促着一场灿烂的死亡，像点燃在夜空的烟火，像绽放在枝头的繁花。尽管美丽绝伦，却无比短暂，短暂得只是烟火一闪一灭的光阴，只是一个春天和一个秋天的距离。

长相思

山一程，水一程，身向榆关那畔行，夜深千帐灯。

风一更，雪一更，聒碎乡心梦不成，故园无此声。

茫茫旷野，纳兰看着漫天飞舞的雪花，思念远在家乡的爱妻。在没有温暖的旅途中，是文字让他赖以生存。一程山水，一更风雪，鲜衣怒马，他在天涯。

天涯孤旅

情到深处，最怕的就是离别。在人生的渡口，有许多长长短短的离别让人措手不及，魂梦相牵。其实感情的世界，亦是迷幻重重。有些人看清了方向，勇往向前；有些人却时常在岔路口走失，弄得狼狈不堪。有多少情感，可以等到流年暗换容颜，依旧不会更改？曾经有交集的，终究会离散；执手相看的，终究会成为背影。

纳兰从解开缰绳、策马塞外的那一刻开始，就无时不在思念爱妻。有人说，纳兰不是一个大气的人，他虽然当过武将，骑射一流，可他身上始终脱离不了一个文人感伤的气质。所以康熙在朝政上不会重用他，但是在生活上却需要有这么一个人陪伴左右。不仅是康熙帝，还有世俗中万千的人，都可以在纳兰身上看到自己的影子。那影子与情相关，世间万物万法唯情感人，唯情动人。哪怕是一个铁石心肠的人，内心深处依然有柔软的一面。纳兰词之所以为人们所争相传诵，离不了那个情字。

说到纳兰，就会想到"人生若只如初见"，想到"不是人间富贵花"，想到"我是人间惆怅客"。浮现在眼前的，是一个英俊忧郁的年轻男子，手持书卷，坐在闲窗下，窗外落红满地。此时的纳兰，放逐在遥远的塞北，天高云淡，就像他的心，那么宽大，触摸不到边际。那种虚空，哪怕用万物堆砌，也无法将之填满。在人生的旅途上，有些人提早看到了想看的风景，所以悟得更早；有些人晚些看到自己要看的风景，所以悟得迟些。纳兰是那个悟得更早的人，悟不是了悟，而是懂得更深的苦难和悲伤，所以他的心就像冰底的水，日夜流淌，可是无人知晓。

康熙出巡考察民情，纳兰跟随在身边，只起了一个陪衬和保护的作用，康熙从不与他商议国家大事。以康熙的清醒和睿智，似乎纳兰的才情只适合雪月风花。但是康熙又离不开他，他身边需要有这么一个诗意的臣子，点缀他乏味的生活。或许康熙比任何人都明白纳兰的心思，可他贵为天子，天下万民皆可为他所用。在他眼里，纳兰不是奴仆，而是一个超脱世外的隐者。他限制了纳兰的自由，却又羡慕他的潇洒，因为他可以束缚纳兰的身，却无法捆绑他的心。所以纳兰的心，依旧浸泡在情爱里；他的才思，依旧可以似清泉流淌。

白日里追随康熙四处奔忙，一个臣子所能为君主做的，就是赴汤蹈火，肝脑涂地。纳兰是个重承诺、有责任的人，他对自己的职位虽有不满，但他对康熙尽心尽责。康熙曾经对他说过，就算外面兵荒马乱、波涛汹涌，在纳兰身上，亦可以看到国泰民安、波澜不惊。纳兰是一个向往和平的人，这样的人不适合参政，他的心过于柔软慈悲。纳兰明珠权倾朝野，成为康熙朝重臣，似乎与纳兰容若没有太大关联。纳兰容若甚至时常为父亲的权势所碍，无法从容自如。在这一点上，康熙心中明朗，他是帝王，需要笼络各种人才。在某种程度上，他比纳兰更加身不由己。

寂夜无声，纳兰终于可以洗去一身的尘埃，在属于自己的世界里沉醉。披衣在窗前,屋内炉火烧得正旺,温着塞外的奶酒,他还是更习惯青梅酒的味道。那种清雅的酒香,会让他想起许多往事,想起那些失去的以及拥有的人。纳兰思念爱妻,提笔填了一阕《鹧鸪天》:

别绪如丝睡不成,那堪孤枕梦边城。因听紫塞三更雨,却忆红楼半夜灯。

书郑重,恨分明,天将愁味酿多情。起来呵手封题处,偏到鸳鸯两字冰。

纳兰忘不了的,还是红楼旧梦,是鸳鸯锦字。他是与生俱来的情种,在现实的人间半梦半醒。虽然身处塞外,听着朔风,可是孤枕难眠。有时候,他自己都不明白,为什么要让自己这样凄凉。他的心底总会莫名其妙地生出一种情绪,无论是喧闹时还是清寥时,这种情绪都要纠缠不休。文字与爱情,对纳兰来说是毒,越是想念,越是上瘾。他的毒,生来就种在心里,随着流年长成了一棵树。这棵树，不遮风，不避雨，结满了愁绪，还有相思。而他就立在树下，看着自己的毒瘾越来越重，近乎病入膏肓，竟毫无办法。

而读纳兰的词，深刻理解纳兰这个人，也会情不自禁地和他一起中毒。事实上，我们并不是中了纳兰的毒，而是被他所酝酿的那种情绪迷醉，那些与人生、与情爱相关的词句，总是暗合了你我的心境。我们不由自主地喜欢，愿意将自己沉浸进去，不茶不饭，不言不语。因为世俗是风刀霜剑，逼迫我们想要逃离，是纳兰给我们营造了这样一个梦境，虽然是感伤的梦，却慈悲、温柔。我们可以在梦里看到自己的影子，这就是纳兰最大的魅力。

纳兰把他的毒传染给了别人，自己却并没有好起来，而是一直病下去，病得不知道找谁来替他疗伤。他是真的病了，在寒冷的塞外，他患上了寒疾。这曾经落下的病根再度发作，来势之凶猛，令跟随的御医和军医都束手无策。纳兰整日整夜高烧不退，浑身抽搐，疼痛不已。他时而清醒，时而昏迷，就这么辛苦地折腾着。在他内心深处，强烈的孤独、失落和空虚一直缠绕在一起，使他的病始终不得好转。

只有他自己知道原因，为何会复发寒疾，为何会这样一病不起。他走入仕途，仕途之路却不是自己的初衷；他每天出入宫闱，可所做之事皆不如意。看多了官场的繁复与黑暗，这样的日子让他如临深渊。伴驾随征，使他本就羸弱多病的身体更加不禁风雨，精神亦有如履薄冰之感。加之与爱妻的离别，令他再也没有力气跋涉在荒漠旷野。风寒入骨，支撑不住，倒在天涯陌路，连个给他温暖的人都看不见。

卧病在床的日子里，只要他一清醒，那种无边的寂寥就会侵袭而来。在没有依托的时候，他只能与词相伴，词是知己，词是情侣。病中，为了解怀，他填了许多词：

虞美人

黄昏又听城头角，病起心情恶。药炉初沸短檠青，无那残香半缕恼多情。

多情自古原多病，清镜怜清影。一声弹指泪如丝，央及东风休遣玉人知。

浪淘沙

夜雨做成秋，恰上心头，教他珍重护风流。端的为谁添病也？更为谁羞？

密意未曾休，密愿难酬。珠帘四卷月当楼。暗忆欢期真似梦，梦也须留。

他的词，字字句句，都是愁苦，都是离恨，仿佛只有这样，才是纳兰风骨。他写得情真意切，看客亦感慨不已。多情自古原多病，端的为谁添病也。立在我们面前的，就是一个文弱多情的才子，他让人又爱又怜，让人想要把自己所有的温暖和祝福都给他，甚至代替他病一场，只要他的痛苦可以减少一点点，那么一点点，就是我们人生岁月里最大的慈悲。在茫茫的旷野，他的词就像一封无处投递的信，不知道那个远方的人是否可以隔着山水看得真切。

风雨归来

人生是一种选择，你选择激情岁月，就要忍受长长的离别；你选择平淡生活，就可以过细水长流的日子。纳兰的人生，不能完全由自己做主，他被放逐到塞北，接受一场漫长的离别。由寒冬到暖春，病了几个月，相思了几个月，漫长得就像数十载。他看到荒原开始滋长草木，看到塞外花开，看到燕子缓缓回来，才知道离回京师的日子不远了。

纳兰就像一只燕子，虽然与同伴一起飞行，却落在队伍后面，内心孤立无援。去年燕子天涯，今年燕子谁家。他想家了。一个人在生病的时候，无论平日有多坚强，病中都脆弱无比，希望床边有一个知冷知暖的人，可以勤喂汤药，可以握住自己冰冷的手给予温情和暖意。哪怕是横扫天下、风云叱咤的帝王，在生病时也就这么一个微小的心愿。人有时候脆弱得不及一株小草，小草禁得起风雨，禁得起世人的践踏；而人心就似一张吹弹可破的纸，虚弱之时没有丝毫韧性。

一场寒疾令纳兰近乎形销骨立，厚厚的棉衣裹不紧他单薄的身子。眼看归家的日子近了，反添了相思之情。每日每夜，心中只有一个影子，就是爱妻临窗眺望的身影，还有那忧郁企盼的眼神，仿佛一直看着他，看着他。他不明白，自己可以淡泊名利，可以放下权贵，甚至可以疏离亲情，可为何对爱情会如此铭心刻骨，被它夺魂摄魄。

事实上，自古多情种并非只有纳兰一人。然而这些多情之人遗留下来的，未必都是佳话。帝王将相、文人墨客、平民布衣，为美人误了江山、断送功名者，数不胜数。商纣王好酒淫乐，爱上妲己，宠幸之至，唯言是从。虽是一段孽缘，难道不是真情至爱？骄淫无度的隋炀帝，开运河下江南，只为寻觅国色佳颜，最后君体回不了故土，亦甚为悲凉。刎剑乌江的项羽，与虞姬那段感伤的别离，至今仍在戏台上一遍遍上演。难道是演他在楚汉战争中如何被刘邦所败？不，摆在世人面前的，只是他对虞姬唱的那首悲歌："骓不逝兮可奈何！虞兮虞兮奈若何！"还有虞姬凄然的唱和："大王意气尽，贱妾何聊生！"

为妻画眉的张敞，点秋香的唐伯虎，以及古今传奇里太多凄美的故事，被写进书页中，描入画卷里，搬至舞台上。无论是多情男儿，还是痴心红颜，他们的真情感染着一代又一代的红尘男女。为了爱，生可以死，死可以生；仙愿意成人，人愿意做鬼；妖修佛，佛成魔。但他们只有一个心愿，就是只羡鸳鸯不羡仙。

我们就这样一次次被纳兰感动，在他的词里沉沦，跌进芬芳的水墨里，从头至尾、由里到外地浸泡。他过着锦绣琉璃的生活，又把日子种成一朵素雅的莲花。他把富有挥霍成贫瘠，又将枯涩点缀为妖娆。其实，纳兰比任何人都渴望烟火，只是他的渴望不在酒肉、不在物欲，而是在笔砚茶禅、人间情爱、似水流年里。病中，他的词作不断，才思仿佛潺潺流水，不会枯竭：

临江仙

丝雨如尘云着水,嫣香碎入吴宫。百花冷暖避东风。酷怜娇易散,燕子学偎红。

人说病宜随月减,恹恹却与春同。可能留蝶抱花丛。不成双梦影,翻笑杏梁空?

踏莎行

春水鸭头,春山鹦嘴,烟丝无力风斜倚。百花时节好逢迎,可怜人掩屏山睡。

密语移灯,闲情枕臂,从教酝酿孤眠味。春鸿不解讳相思,映窗书破人人字。

都是说情说爱的词句,情调皆为伤春悲秋。可每次纳兰都可以将这万千的词语调配在一起,给人带来不一样的感受,熨帖你的心境。他的词是一棵相思树,所结的果却五味俱全。不同的人生,不同的遭遇,不同的心境,所品尝出的滋味也不同。一首你喜欢的词，总会有打动你心灵的地方，一种情调，一个词语，甚至词中所描写的季节，都可以让你平静如水的心泛起波澜。这个时候，你看花有情，看水落泪，甚至慈悲得连落在手上的尘埃都不忍掸去。这样微妙的感动，只有纳兰给得起。

他终于盼到回家的日子，带着他的词稿，还有一身塞外的风尘，回到京师。只有一株小草和几只衔泥的燕子，为他淡淡送别。走的时候他才发现，对一直想要离开的地方，在真正转身远离的时候，心中亦会有不舍。不舍这里的风土人情，这里的一草一木、一尘一土，还有一只羊羔的眼神，仿佛它也知晓人事，明白它和这位词人这一次将是永别。而我们在生活中又何尝不是如此，途经一个地方，与一朵花邂逅，与一只小鸟相逢，那都是缘分。可是有多少人会去珍惜这些渺小的生命，对它们交付情义，倾注真心？

纳兰会。没有缘由，只因为他是纳兰容若。纳兰容若可以对世间一切真、善、美的人和事动情。我们亦可以，只是我们往往会缺少一点敏感，缺少一点灵性，还有才情与雅致。世间的人，被红尘这口大染缸浸泡,谁还敢站在朗朗乾坤下说自己是洁净和清白的?纳兰亦不能,只是他比平凡的人更有免疫力,他可以将五颜六色洗净,换一身天然古韵。人生就是如此,有得有失,你在此处得到,就要在彼处失去。所以,当我们在感叹失去的时候,也要回想自己所拥有的。

从塞外到京师,一路长途跋涉,让他本就虚弱的身体更加弱不禁风。回到明珠府,他发现这个一直让他厌恶的温柔富贵乡,居然是最美的人间天堂。这里有双亲的关怀,有爱妻的陪伴,有奴仆的尊敬,还有他熟悉的殿宇楼台、花木虫鸟对他微笑。一个人,原来这么需要家的温暖,需要亲人的安慰。纳兰想着,倘若自己远离人群,独居在深山,做个超然物外的隐者,纵算身边有佳人相陪,每日在一间茅草堆砌的小巢里守着几缕炊烟,咀嚼山珍野菜,就真的可以幸福吗?那时候,他的词句又会滋生一种怎样的情怀?在清苦中自得其乐,还是怨叹山林的清静寡淡?

一次离别,让他对人生、对生活有了新的看法。他甚至想要将自己的感情,寄存在这个称为家的地方。将这些年的风霜洗去，穿上绫罗绸缎，戴上宝石桂冠，咽下玉粒金莼，守着这座天堂，安稳度日。但他明白，一切都是暂时的，暂时的温暖并不能给他带来永远的安稳。他是漂萍客，尽管他心中想要安定，可是命运早已决策好一切。他是红尘中一个匆匆的过客，明珠府花园也只是暂栖身体的驿站，他的灵魂注定像鸟儿一样，离不开飞翔的宿命。

温柔的夜，熠熠红烛带着一种氤氲暖意。月光洒落在屋子里，炉火上温着纳兰爱喝的青梅酒，帐幕里有爱妻亲手绣的鸳鸯枕，他思念的人就偎依在怀里，可以搂着她柔软的腰身，闻着她娇弱的呼吸，还有那沁人心脾的体香。只有这时候，纳兰才能够剪断千丝万缕的情绪，只想拥抱着爱妻，在清月下，一生一世保持这种姿态。也许只有这样，感伤才找不到空隙，而他的心，被柔情占据，就可以做到无懈可击。

一个人生存在世上，背负的不只是情感，还有责任，还有自己，以及太多太多的牵绊。无论是生性敏感多愁的纳兰，还是平淡寻常的我们，都无法轻松自如。当夜色来临，浮华褪尽，独坐的时候，会发觉，原来我们也只不过是纷扰尘世里一只假装忙碌的虫蚁，一棵故作坚强的草木。而纳兰，却是那个在世俗中能够从容看清自己的人。他有勇气直面自己。

随军出征

　　总有人说,待到老去,老到一无所有的时候,就咀嚼回忆度日。然而人的一生,并非所有的记忆都是美好、值得回味的。也许待你回首过往的时候,才会发觉,所有的相逢,所有的拥有,都那么不值一提。甚至会觉得是一种无奈与悲哀,就像一张洁净的白纸被泼染了墨迹,无论那墨迹是美丽生动的,还是残缺感伤的,都想要找一只可以擦掉往事的橡皮擦,擦去所有。也许只有这样,留下空白,纵然有些许遗憾、些许寂寞,也好过沉浸在往事的激流里一次次被呛伤。

　　每个人的念想不同,所以追求的生活也不同,所发生的故事也不会相同。有些人,可以在一杯白开水里喝出人生百味;有些人,将酸甜苦辣调和在一起,也觉得无滋无味。都说走过岁月的人,情会淡,愁会轻,可其实,我们的情和愁、爱与怨,在行走的过程中都支付给了岁月。纳兰是一个放纵自己情思的人,他的年轻与才气,使他没有办法早早让情爱烟消云散。

因为身子虚弱,康熙准了纳兰的假,让他赋闲几月。这些日子,他不用为康熙选马备鞍,服劳尽职;不用早出晚归,往返于金殿玉阶,过枯燥乏味的生活。虽然只是暂时的清闲,也给了他莫大的宽慰。就像一只冬眠的蚂蚁,看到第一缕春阳,心中自是畅快无比。又像一只被关了多年的金丝雀,偶然打开囚禁它的笼子,获得自由的心情亦是无可比拟。

每天,纳兰都嫌时间不够支使,再不像年少时那般任意挥霍光阴。纳兰在渌水亭和诸多朋友聚会,煮酒烹茶,谈古论今。空闲时,他便搜寻经史,打算将浩瀚的上下五千年文化编著成《渌水亭杂识》。又和妻子一同收集这些年散落的词章,打算编成一本词集。这个过程,他无比珍惜,就像收拾过往的心情。从前发生过的事,都在词中重新放映,以为被时光磨淡了的记忆,却堆积得更加深厚。

我们总以为遗忘是一种背叛，所以很多时候，千方百计把那些行将遗忘的故事重新搜寻，一遍一遍提醒自己曾经的拥有与失去，却不知，有些事情，遗忘了，或者蒙上尘灰，会有一种古旧的美。辛勤地擦拭，反让珍藏了多年的古老记忆显得轻薄，失去应有的味道。就像一坛封存多年的窖酿，倘若你时时开启，那浓郁的酒香就会在空气中散发，到最后所品尝到的不过是一杯淡水。这么多年的尘封与等待，都成了徒劳。所以，人生处处都是抉择，就看你我如何去把握、去取舍。

只要有空余的时间，纳兰就陪同爱妻在花园里游玩，或泛舟池上，或花间嬉戏，或月下读书，或汲水插梅，或折柳寄怀。仿佛要将一年的时光当作一天来过，唯恐皇帝一个召唤，他们又要经受长久的离别。以至于到后来，纳兰永远失去爱妻，他只能靠回忆这些曾经的美好，来将她怀念。"花径里戏捉迷藏，曾惹下萧萧井梧叶。记否轻纨小扇，又几番凉热。""记巡檐笑罢，共捻梅枝。还向烛花影里，催教看、燕蜡鸡丝。"

多么温馨的场景，若说是一幅画，其间却有流淌的意象；若说是一首词，其间却有婉转的吟唱；若说是一支曲，其间却有无声的流云；若说是一帘梦，其间却有可以触摸的温度。然而，这所有影像，当一个人辞世之后，就真的只有在记忆里才可以重温。一切缘分，取自因果，缘分的长短，不是你我所能增减的。就像一个人的寿命，在出生的时候，就注定了长短。走至那道坎，任凭人力如何挽救，也于事无补。所以，我们当用有限的生命，努力去做自己可以做到的、想要做的事，人生就该自鉴为"无悔"。

似乎许多人都会说这么一句话：每个人落到世间，都是为了来受苦的。说这句话的人，未必就是一个消极的人。的确，尘来尘往，简短的一世，我们要经历的苦难，远比要享受的欢乐多。当然，这也取决于一个人的心态，心苦则万事皆苦，心欢而万事皆欢。不是所有的阳光都可以给人快乐，也不是所有的烟雨都带给人忧愁。在拥有的时候，我们要懂得珍惜；在失去的时候，我们要随缘。也许只有这样，人生才会少一些苦痛，多一些清欢。

当我们深入地了解一个人的前尘过往，就会明白，他的悲欢，他的喜忧，都有缘由。就像纳兰，他的词，多为离别伤怀之作，这些情绪并非都是莫名的。赋闲几个月后，纳兰还不曾从美梦里醒转，就接到康熙的圣旨，命他随军远征。也许是为了考验他武职的能力，也许是为了锤炼这位风流才子的诗魂剑胆，也许是为了成就一个热血男儿的军旅华彩，也许，只是伯乐想看千里马在身边跑来跑去，总之，康熙给了他这么一次机会。但他的职位是侍卫，虽是军官，却不统兵治军，只是楚河汉界里一枚可有可无的棋子。就如同他虽为帝王随身近臣，却不参政，只是金銮殿里一道至雅的风景。这么多年的仕途生涯，纳兰一直与国事和军机保持距离，那是一道他永远无法跨越的沟渠。

临别的前一晚，意梅偎依在纳兰的怀里，心中有千般不舍，却一直微笑相对。她永远都是这样，将哀怨深藏，给纳兰以温暖。她珍惜与纳兰在一起的每个日子，因为很小的时候，母亲请相士给她算过命，说她二十一岁那年有一道生死玄关，过则长命百岁，不过则小命休矣。江湖术士永远都是如此，将一个人的命判下两种结果，就像一场赌注，输赢各半，所以他永远都不会错。输是赢，赢还是赢。意梅懂事以来，就相信那么一点宿命。她曾在佛前许过愿，甘愿用短暂的生命换取一个风华绝代的男子。

后来，佛成全了她，而她却一直担忧那个相士所言会成真。这是秘密，她将藏隐在心底，直至死去。这一次送别，她心底更添几分凝重，只是上苍还是眷念她，给了她一个意外的惊喜。当纳兰得知爱妻怀有身孕时，那份惊喜自是无以言说。事实上，他的人生，惊喜一直比悲伤多，可许多喜悦都不是他想要的。而这次，这个尚未出世的幼小的新生命，给他带来的是震撼。因为他感觉到自己所有的一切，都将会在这个小生命身上得到延续。

纳兰将爱妻揽入怀中，许下承诺，孩子出生之前，他一定会回来。他会陪她一起，等待那个小生命来到人间。尽管这个满眼繁华的红尘总是给他许多落寞，但他希望那至亲的骨肉可以超越他。纳兰终究和我们一样，是个凡人，有血有肉，有爱有恨，有喜有悲，有恶有善。他的悲哀，就是我们的悲哀；他的疼痛，就是我们的疼痛；他的喜悦，就是我们的喜悦；他的幸福，也就是我们的幸福。世间人，是相连相通的，万千人当中，必定会有一个你，有一个我。我们也许有一天会邂逅，也许永远都是陌路，在各自的人生岁月里，过着各自的日子。无法交集，相安无事。但我们都有一个共同的名字：人。

生查子

惆怅彩云飞，碧落知何许？不见合欢花，空倚相思树。

总是别时情，那得分明语。判得最长宵，数尽厌厌雨。

鹧鸪天

握手西风泪不干，年来多在别离间。遥知独听灯前雨，转忆同看雪后山。

凭寄语，劝加餐，桂花时节约重还。分明小像沉香缕，一片伤心欲画难。

策马扬尘,仿佛永远都是以这种方式告别,留下一路风烟给别人,而自己去奔赴更茫然的旅程。在这个宽广缥缈的人世,他是贫瘠的,贫瘠到只有几阕词可以表达他的心怀。他也是富有的,富有到穿越几百年尘烟我们仍在念诵他的笔墨、他的才情。也许前世我们都是伶人,今生,来回地翻唱一场注定悲情的戏。

第四卷　当时只道是寻常

爱妻离世

其实，每个男儿的心里都会有凌云壮志。那些甘愿做一株平凡小草的人，是因为他们经历了岁月打磨，所以有良好的心理素质，可以接受默默无闻的命运。人间的事，只有经历过才会从容，爱过才会淡然，拥有过才会无憾。在此之前，没有谁可以做到平静似水，波澜不惊。

风华正茂的纳兰容若，也想过要从军，金戈铁马纵横疆场，演绎一段黄沙碧血的悲壮故事。可他所有的梦，在康熙给他安排侍卫这个职位的时候就破碎了。苍茫如烟水上的泡影，一缕清风拂过，就什么也看不见了。纳兰虽然有千般不情愿，可他在康熙身边尽心尽责，谨守规矩，从不掺和外廷之事。

事实上，纳兰对这位十六岁智擒鳌拜、十九岁果断削藩的少年天子，心中充满了敬仰之情。康熙宽广的胸怀，开阔的视野，以及他对政事的勤勉，处事的睿智和果断，都让纳兰折服。也许是因为康熙过于优秀，所以他在纳兰身上看到的，是他自己不曾拥有的。康熙只看到纳兰伤感华丽的词章，以及如莲似玉的情怀，而忽略了他也有建功立业、兼济天下的伟大抱负。

在烽火硝烟的战场，听着鼓角争鸣，看着刀光剑影，看着那么多血肉之躯在身旁倒下，纳兰容若那颗温润的心也沸腾了，他真切地体会到"青山处处埋忠骨"的惨烈，体会到"一将功成万骨枯"的苍凉。历史是一册用血染就的画卷，被仓促的时光一页一页翻过去，荒草之下，白骨森森；流水之上，血流成河。那些帝王的千秋霸业，那些将军的功成名就，就是踩着万千将士的尸骨建立起来的。历史已成过去，战争却不曾结束，一代又一代江山，都是从硝烟战场上夺来的。

当然，并不是所有的战场都有硝烟，不是所有的英雄都要流血。天下太平之时，官场、商场、情场都是没有硝烟的战场，可同样有刀剑相拼，杀人于无形，不着血迹。多少人，为了自身利益去损害别人，仿佛只有在你争我斗中才能获取成功。无风无雨的日子与季节无关，无爱无恨的人生与岁月无关，无胜无败的战争与历史无关。

接连几个月的征战生涯，令纳兰触目惊心的是，一张张鲜活的面容换成一座座荒寒的孤冢。多少英魂不能回归故里，葬于荒野郊外，有的甚至连名字都不曾留下。在死亡面前，纳兰的悲欢是这样苍白。他以为自己可以手持刀剑，无视腥风血雨。可他错了，他悲悯软弱的性格，注定他不能成就大业。要纳兰踏着天下人的尸骨，只为一己功成，他断然做不到。几番彻悟之后，他似乎明白，康熙为什么不重用他，只给他一份御前侍卫的差事。

纳兰虽有修身、齐家、治国、平天下之心，却也常有"山泽鱼鸟之思"的出世倾向。他虽然博览群书，才学出众，编著《通志堂经解》和《渌水亭杂识》这些书册，有着一个文人的宏伟抱负，可他缺乏一个政治家的胆识和谋略。他虽然精通骑射，马上功夫了得，亦有一个热血男儿的万丈豪情，可他性情软弱，慈悲心重，无法轻看悲凉的死亡。曾经的心有不甘以及委屈和郁闷，在死亡面前，都太微不足道。纳兰心中无法排遣的感慨，那些用言语说不清、道不明的伤怀，都只能托付给词章。词可以明心，可以见性，可以表达纳兰的思想与情感：

南歌子·古戍

古戍饥乌集，荒城野雉飞。何年劫火剩残灰，试看英雄碧血满龙堆。

玉帐空分垒，金笳已罢吹。东风回首尽成非，不道兴亡命也岂人为。

太常引·自题小照

西风乍起峭寒生，惊雁避移营。千里暮云平，休回首、长亭短亭。

无穷山色，无边往事，一例冷清清。试倩玉箫声，唤千古、英雄梦醒。

战争虽然激烈,却没有持续太久,短暂得就像做了一场惊心动魄的梦。但对纳兰来说,却真的很漫长,因为离爱妻生产的时日越发近了。其实康熙也只是想给纳兰一次锻炼的机会,在他平淡的人生里添一段风流、一个花絮。纳兰的心虽沉陷在战争的冷酷中,却还有一半牵系着爱妻与她腹中的胎儿。

既已明了自己注定做不了一个顶天立地的英雄,不如趁早抽身而退,回去做他的侍卫,做皇帝手下的棋子,做那个鞍前马后的"弼马温"。空闲时间,在明珠府花园和爱妻花前月下,与稚子玩笑嬉闹,做一个世俗中的男子,享受人间烟火的幸福,又何尝不是一种完美的人生?

如此美梦,冲淡了那些沉重的死亡在纳兰心头落下的阴影。他策马踏上归程,只为早些回到京师,因为他许下誓约,要守护着意梅,与她一起等待孩子出生。他承诺过的,就一定会做到,因为他是纳兰容若,一个重信诺、重情义的男人。这样披星戴月的飞奔,像是洪流乱烟中的一只孤雁,赶赴一场花事的盛宴。他甘愿为了爱情飞赴尘网，那里不是他最后的归宿，却有他魂梦所系之人。他告诉自己，从今以后，要用所有的情感，一砖一瓦地为妻儿垒砌幸福的城墙。在模糊不清的岁月里，他一直追问生命的意义，而此时他不再迷惘，只将心怀付爱情。

纳兰以为自己会是盛宴里的主角，却不知，竟成了那个缺席的人。当他赶到明珠府，来不及洗去满身风尘，就直奔爱妻身边。家里奴仆忙成一团，纳兰明珠夫妇也急得束手无策。意梅难产，已经三天三夜，请来了宫里的御医，亦毫无办法。这则消息对纳兰来说似江海决堤，将他从头至脚、由里到外彻底淹没。医官摇首对纳兰说："很抱歉，已经尽了力，总算保住了孩子。你争取时间，跟夫人好好话别吧。"

纳兰握住爱妻的手，见她面容苍白、气息微弱。他悲伤得泣不成声。意梅第一次见到纳兰为她流泪，像一个犯了错的孩子，六神无主，掩面而哭。她为他轻拭泪痕，虚弱地微笑，想要说什么，万千话语，她想说的，他都懂。他们之间以往便有默契，在这时，似乎彼此的心都清澈如水，无须任何言语，无须任何交代，他们懂。

她真的相信宿命，悲悯的佛给了她一个温和的男子，给了她三年的幸福。如今，是该面对宿命的时候了，也是该偿还宿债的时候了，她无悔。她不遗憾，她为纳兰留下的，不只是他们的骨肉，还有一些刻骨的记忆，以及些许温暖，这样就真的足够了。纳兰紧紧地拥着她，感觉到她的生命正一点点地消失。这个女子，在他最脆弱的时候出现，一路相陪，从没有在他面前流过一滴眼泪，一直给他微笑和温暖，直至死，都如此。而他，却不能给她更多的好。

她被声声杜宇唤去，闭上眼睛的那一刻，她依旧笑靥如花，只是好苍白、好无力。她归还了人间所有的爱。她不舍，不舍啊，不舍得纳兰，不舍得那小小的婴孩。无奈死神相催。她的离去，是一段花事落幕，这样的死，是纯洁的。她一生为纳兰付出深情；深情的故事，往往都以悲剧结束。她知道，她爱的男子会为她执笔填词。这一生，她最爱，纳兰词。

南乡子·为亡妇题照

泪咽更无声，止向从前悔薄情。凭仗丹青重省识，盈盈，一片伤心画不成。

别语忒分明，午夜鹣鹣梦早醒。卿自早醒侬自梦，更更，泣尽风前夜雨铃。

青衫湿遍·悼亡

青衫湿遍，凭伊慰我，忍便相忘。半月前头扶病，剪刀声、犹共银釭。忆生来小胆怯空房。到而今独伴梨花影，冷冥冥、尽意凄凉。愿指魂兮识路，教寻梦也回廊。

咫尺玉钩斜路，一般消受，蔓草斜阳。判把长眠滴醒，和清泪、搅入椒浆。怕幽泉还为我神伤。道书生薄命宜将息，再休耽、怨粉愁香。料得重圆密誓，难禁寸裂柔肠。

他的人生，仿佛注定是残缺的，仿佛所有的残缺，都为成全他的词,他的超拔人生。上苍总是给他美好的希冀,却又限制好时间,每次都仓促得令他措手不及。"一片伤心画不成",纳兰的心已经支离破碎,丹青妙笔、锦词佳句都无法表达他此时的心痛。那破碎的心,就算拼凑起来,还能完整如初吗?就算拼到从前的模样,那斑驳的伤痕,也会日日夜夜提醒他,曾经有过一段刻骨铭心的爱,不能忘记。

天上人间

这世间最令人悲痛的，莫过于死别。都说悲欢离合、生老病死为人生不可避免的经历，可是过程往往出人意料。灾难来临之前，没有任何暗示，山崩地裂只需刹那，生与死也只在一线之间。来路是归途，每个人，从哪里来，就要回哪里去。时间的长短，不是自己所能掌控的。人的生命，就如同枝头的花朵，有些落得早，有些落得迟。

爱一个人，就是在口渴之时，递给她一杯白开水；在风起之时，替她添一件轻衫；在孤独之时，给她一个温柔的怀抱；在生死之间，让她生，自己死。纳兰将自己关在屋里已经七天七夜，除了喝水，几乎不进食。他的内心带着深深的愧疚,三年来,他们离多聚少。就算相聚在一起,也都是意梅给他温暖,而他作为一个男人,付出太少。如今,上苍剥夺了他一切弥补的机会,哪怕只是倒一杯白开水、添一件衣衫这么简单的小事,也不再有机会了。

他总以为她还会回来,因为屋里还有她芬芳的气息。她的琴,被擦得雪亮,没有沾染一丝尘埃。桌上,还有她没有绣完的鸳鸯。她是个善良的女子,不会忍心让鸳鸯失伴。这一切,都是他一厢情愿的想法,痛苦的自欺并不能改变什么,只会让自己陷入悲伤的轮回里。以前离别的时候,他还能在梦里与她相见,尽管梦里连呼吸都是痛的。可现在,连梦也不做了,寒窗孤影,只有月亮伴他独眠:

减字木兰花·新月

晚妆欲罢,更把纤眉临镜画。准待分明,和雨和烟两不胜。

莫教星替,守取团圆终必遂。此夜红楼,天上人间一样愁。

减字木兰花

烛花摇影,冷透疏衾刚欲醒。待不思量,不许孤眠不断肠。

茫茫碧落,天上人间情一诺。银汉难通,稳耐风波愿始从。

临江仙·寒柳

飞絮飞花何处是?层冰积雪摧残。疏疏一树五更寒。爱他明月好,憔悴也相关。

最是繁丝摇落后,转教人忆春山。湔裙梦断续应难。西风多少恨,吹不散眉弯。

纳兰希望,那个痴守爱情的女子,可以魂兮归来。可没有谁为他们搭一座人间鹊桥。那缥缈的魂灵,不能涉水而来,慰藉他的孤寂。而纳兰亦没有勇气上穷碧落下黄泉，去追赶她。只有看到那弯新月，他才敢告诉自己，人间天上，他与她真的永隔一方了。她是天上众多星子里灿烂的一颗，始终会用一双眼睛看着他。他是人间诸多草木里平凡的一株，已不知如何将她寻找。

爱妻的死，让他痛得好无力。几年前，青梅表妹的离去，让他有种心被剜去的虚空，那伤痛，到现在还时常会复发，可那毕竟是生离；这次，他连痛的力气都没有，身似浮云，心如飞絮，气若游丝，死别的伤痛就是这样的感觉。纳兰终于明白，比身不由己更残忍的，还有阴阴相隔。人到世间，都是为了还债的，把该还清的债还了，就要回去。任何挽留和不舍，都是徒添伤悲。就像一枚落地的叶，谁还能让它重回枝头。只是叶落了，还有春回，人死了，就真的一去不复返了。

纳兰被这场不可预知的死亡击倒了，他努力让自己坚强，努力让自己不要落泪，可还是病了。寒疾在他命里生了根，只要稍有不顺，就会卷土重来。每次都是来势凶猛，不给转圜余地。这被宿命捆绑的日子，让他绝望。卧在病床上，他感觉自己就像一条缺水的鱼，被放逐在沙岸上，接受阳光的暴晒，斑驳的鳞片近乎干枯，却依旧支撑着最后的呼吸。连他自己都不知道，要为了谁承受这份辛苦。

寒气逼人，疼痛如锥，恍惚中，纳兰只觉得身边围绕着许多人，忙忙碌碌地进出。有人紧握他的手，有眼泪落在他的脸上，有哭泣声，甚至有人在为他招魂。明珠为纳兰容若遍访名医，他们开出的药方，只能治寒疾，治不了他的心病。无奈之下，纳兰的母亲为他请来了巫师，在明珠府大肆行法，驱鬼招魂。

人在脆弱绝望之时，往往要寻求一种寄托，家财万贯的纳兰府，面对死亡和疾病，同样无能为力。莫说是纳兰，当年多情的顺治帝，因董鄂妃之死万念俱灰，也只能悲怆地说："吾本西方一衲子，为何落入帝王家？"他脱下龙袍，换上僧衣；丢弃玉玺，执起木鱼；放下奏折，捧读经卷。如此决绝，是因为他看破红尘世事，勘破生死无奈，只有佛才可以给他真正的安稳，让他在如泥的世间，颖悟超脱。他的归宿，始终是个谜：有人说他始终被万民所系，出家不成，回到皇宫，患天花而死。死亡对他来说，亦是一种解脱，没有谁可以阻拦他离开。也有人说，是佛度化了他，他终于可以抛掷江山，在深山古庙落发为僧，如愿以偿。

生命原本就是布好的一局棋，其间有太多的禅理和玄机，那些沉溺在棋局中的人，不知道是该悲哀还是该欢喜，是该坚持还是该放弃。曾经犯下的错误，是否还来得及补救？如果相爱也是一种罪恶，是否还值得原谅？就算你倾尽天下，将一切当作筹码，也未必做得了那个赢者。纳兰明白，他和爱妻虽是注定的姻缘际遇，却终究不能生死相依。就连他自己的命运都是一个谜，谁也猜不到最后的谜底。

爱妻的辞世，病痛的折磨，令纳兰绝望。他决意放弃自己，结束这场悲剧的人生。也许只有这样，悲凉才可以不再蔓延，苦难才可以终止。他是个善感的人，这一生都断不了离合悲欢，哪怕他猜中了谜底，也会有新的谜题。他身份尊荣，却不比一个平民从容；他才华满腹，却不比一粒尘埃骄傲。多年以来，他都是以飘零作归宿，以寂寞为知己。当寒疾带来的疼痛侵入骨髓，他咬紧唇说，这样的人生，不要也罢。

冷，冷得就像掉进了冰窖里。一块千年的寒冰，该用什么才可以将之融化，给以温暖。纳兰自我放弃，御医束手无策，纳兰明珠夫妇听天由命。在最绝望的时候，有这么一个人，将他拯救。也许是情缘未了，也许是命不该绝。纳兰昏沉沉地躺在一个温暖的怀抱里，他感到自己的脸上有热泪滴落流淌，感到自己冰冻的身子在温煦中渐渐回暖。有温热柔软的唇，缓缓地贴着他冰冷的唇，让他行将停止的呼吸得到延续。

纳兰以为自己已经灵魂出窍，睁开眼睛的时候，他看到了久违的佳人。那个他曾经魂牵梦萦的青梅表妹，此刻就在他身边。他躺在她温暖的怀抱里，头紧贴在她的胸前，这样的温情让他病痛全消。以为是在梦里，却真的是肌肤相亲，他闻得到她如兰的气息，看得到她眼角的泪，看得到她的惊喜。纳兰知道，自己还活着，偎依在青梅表妹的怀里。是她，用温暖驱走了他体内的寒疾；是她，从死神的手上把他抢回。爱，几乎毁了他；爱，又出手救了他。

纳兰明白，这世上，还有人这么深刻地将他牵挂。他不能死，有缘未尽，有责任未了，所以青梅表妹的到来，使他苏醒。尽管如此，他们的故事终究是悲伤的，像落花流水，有缘却无分。过了今天，又要沿着各自的生命轨迹漂流，此生再要相逢，怕是无望了。青梅出宫一次很不容易，她向皇上请旨，告知她自己与纳兰表兄妹之情深厚。只因纳兰命在旦夕，康熙才准奏，由此便有了这么一次重逢的机会。

又一次如梦方醒，是青梅将他从死的悬崖边挽回到人间。纳兰甚至想过，如果可以在她的怀抱里死去，让她亲手葬了自己，他会甘愿。他们之间不是萍水相逢，可还是如秋宴散场，有些清冷，有些凄凉。短暂的重逢，将换来长久的别离；菲薄的幸福，将换来刻骨的悲伤。没有值得不值得，有这么一次重逢，足矣。

佛前青莲

都说，人生每经历过一次遭遇，就会变得更加成熟、冷静。桑田之前是沧海，往事过后是云烟。在尘世间，我们都是弱者，扮演着卑微的角色，最后还是以寂灭收场。人死了，热情活着；人活着，热情死了。活着的人，因为忘不了，日夜追悼死去的人；死去的人，因为放不下，魂魄一直缠绕活着的人。可我们总相信，有些爱，可以超越生死的界限，天上人间亦可相随。

纳兰坚信的情爱，是五月纷落的梅花。他期待的相守，是一份永远不能兑现的誓约。爱妻死了，表妹走了，这些日子，他每日支撑着瘦弱的身子，在梵音经卷里寻找平静。少年时，纳兰就喜欢读经书，他练习书法的习作，许多都来自佛家经卷。《法华经》《楞严经》《大悲咒》这些经书，他都熟读。他虽不曾痴迷于佛学，可是对佛家思想那种空灵清宁的意境极为向往。无奈落入尘网，被情爱所系，被功名缚身，一直不能静心参禅悟道。

他自号"楞伽山人"。后来，岭南诗人梁佩兰写有祭悼纳兰容若的哀诗："佛说楞伽好，年来自署名。几曾忘夙慧？早已悟他生。"纳兰喜欢水，他所居之处皆有水相伴，水中种莲荷，有临水照花之意境。他前世是佛前的青莲，所以澄澈无尘的水是他的归宿。水给他清宁，给他平静，洗去他在凡尘往来所蒙的尘埃。智性之水，灵性之水，温柔之水，给人以禅心，以明净，以淡然。

在纷扰的人世，我们总是这样身不由己，倦累之时，想要的不就是一份安静淡然吗？晨起时，看窗外一株凝露的植物，悄悄地诉说昨夜的梦境。黄昏后，看一群整齐的大雁，缓缓地飞向旧时人家。寂寞时，看一朵睡莲，在月光下静静地开合。空落时，看一捧新茶，在杯中轻轻绽开，直至将所有的空虚填满。寒冷的时候，看暖阳下纷洒的尘埃，落满手心手背，都是一种闲逸。其实幸福真的很简单，那些冠冕堂皇的片段，只会将心越填越空，而一些微渺平淡的细节，却可以带来柔软的感动。

纳兰容若捧读《楞伽经》，被其间幽渺的意境、简古的文字所感染。佛教人学会放下，教人懂得取舍，教人持平心态。经书就像一帖清凉的药，敷在灼热的伤口上，顿时减轻了疼痛。梵音就像天籁之曲，洗澈心头混乱的思想，让浮躁的心慢慢地趋于平静。在禅定的境界里，可以不那么执着于生死，不那么拘泥于爱恨。纳兰就这样与佛结缘，不再计较萍聚云散，在莲花的开合间，显露一颗从容宁静的心。

纳兰渐渐从往事中苏醒过来，在失去爱情的日子里，他焚书取暖，参禅静心。他在渌水亭种莲，和友人聚会填词。对纳兰这样有身份、有才情的贵公子而言，攀附权贵、附庸风雅的人自是不少。而清高如纳兰，又怎会愿意与这些人同流合污？尽管社会现实令许多人都努力地改变自我、失去本真，可纳兰做不到随波逐流。他不慕高朋满座的虚荣，也不需要达官贵人的热捧，更不屑与酒肉之徒往来。

纳兰也害怕孤独，在风烟弥漫的尘世，他也会茫然失措。他渴望的友人，是可以煮酒论道、交换杯盏的知己，是可以在人生旅途中相互温暖、相互珍惜的朋友，是不计功利、心灵相通、旷达闲淡的君子。纳兰的朋友多为江南风流名士，性情孤傲散漫，豁达而不拘小节。并且纳兰引为知己的人，都比他年长不少，身份也有很大的差异。可纳兰认为，朋友之间不分贵贱，不分年岁，没有种族之分、门第之见，只要性情相投，就可以肝胆相照。无论是物质上还是精神上，纳兰都毫无保留地倾心相待，令那些虽有才华，却落魄潦倒的江南名士生出仰慕和钦佩。在他们眼里，纳兰是一位至情至性的真君子，是文坛上的一朵仙葩。他们可以坦然地对纳兰交付情感，给予真心。

以风雅为性命，以朋友为肺腑，这就是纳兰容若，无论他遭遇多少苦痛，受到多少委屈，都依旧将风雅融进生命，将知己化入肺腑。他们彼此用真心焚火取暖，让寒凉潮湿的人生在温暖的情义里蒸腾。他们认为，这样不与现实相通的性情，不为世人所激赏的才华，是人间高傲的绝版。

纳兰的诸多朋友中，有一位与他结缘最深。此人便是江苏无锡的顾贞观,出自书香门第,是当时颇具名气的江南文士,其才情与修养可谓出类拔萃。纳兰与他一见如故,彼此的才情和气度吸引着对方。纳兰写过好几首《金缕曲》,赠予顾贞观:

金缕曲·赠梁汾

德也狂生耳。偶然间、缁尘京国,乌衣门第。有酒惟浇赵州土,谁会成生此意。不信道、竟逢知己。青眼高歌俱未老,向尊前、拭尽英雄泪。君不见,月如水。

共君此夜须沉醉。且由他、蛾眉谣诼,古今同忌。身世悠悠何足问,冷笑置之而已。寻思起、从头翻悔。一日心期千劫在,后身缘、恐结他生里。然诺重,君须记。

金缕曲

木落吴江矣。正萧条、西风南雁,碧云千里。落魄江湖还载酒,一种悲凉滋味。重回首、莫弹酸泪。不是天公教弃置,是才华、误却方城尉。飘泊处,谁相慰。

别来我亦伤孤寄。更那堪、冰霜摧折，壮怀都废。天远难穷劳望眼，欲上高楼还已。君莫恨、埋愁无地。秋雨秋花关塞冷，且殷勤、好作加餐计。人岂得，长无谓。

金缕曲

洒尽无端泪。莫因他、琼楼寂寞，误来人世。信道痴儿多厚福，谁遣偏生明慧。莫更着、浮名相累。仕宦何妨如断梗，只那将、声影供群吠。天欲问，且休矣。

情深我自拼憔悴。转丁宁、香怜易爇，玉怜轻碎。羡煞软红尘里客，一味醉生梦死。歌与哭、任猜何意。绝塞生还吴季子，算眼前、此外皆闲事。知我者，梁汾耳。

三首《金缕曲》，皆是纳兰为好友梁汾所作，梁汾为顾贞观的别号。若非有深厚情谊，志趣相投，纳兰又怎会如此不惜笔墨，为一个朋友反复吟唱？且字字句句出自肺腑，令人感慨。纳兰怨叹与顾贞观相见恨晚，期望有来世弥补今生错过的时光。这番誓约，灼热如火，仿佛懂对方如懂自己一样深刻。他们将一片冰心掷入玉壶，煮成清茶，一同饮下，生生世世都记住这段情谊。

当初，顾贞观来到京师，纳兰特意为他在山水灵逸之地筑一间茅屋，只为圆他诗意栖居之梦。他们在渌水亭畔、合欢树下，一起观水赏荷，诗词唱和，诗意而纯净地交往。他们的快乐，是剪烛煮茗的快乐；他们的风雅，是月夜填词的风雅；他们的情义，是泛舟采莲的情义。当纳兰在感叹今生与顾贞观相见恨晚时，却不知，自己所剩的时光已不多。几年后，纳兰英年早逝，朋友当中，最痛心的当为挚友顾贞观。他黯然离开纳兰为他盖的茅屋，归隐故乡，并发誓不复拈长短句。

如此情谊，宛若伯牙为子期断弦。顾贞观知道，纳兰是他此生唯一的知己，谁也不能将他取代。就如同青山离不了碧水，阳春离不了白雪，清风离不了明月。换了别人，给不了他冰洁纯净的情怀，给不起他温润柔软的感动，给不起他前世今生的誓约。直到有一天，当纳兰无法给他关怀，他不能给纳兰温暖。只要记得，在他们似水的流年里，有一间茅屋，停留过几载春秋故事，只是它已经失去了昨日的主人。

在有知己良朋相陪的日子里，纳兰收起空寂的心，于渌水亭静静地整理自己的词作。他编著了一本词集，名为《侧帽集》。好友顾贞观后来重刊纳兰的词作，更名《饮水词》。也许纳兰真的有很深的佛缘，饮水之名取自北宋僧人释道原《景德传灯录·袁州蒙山道明禅师》"如人饮水，冷暖自知"。

"家家争唱《饮水词》，那兰小字几曾知？"纳兰的词，被世人争相捧读，是因为纳兰的情、纳兰的心、纳兰的灵，有着令人难以言说的美丽。我们读他的词，不仅是对他的身世与历程的怜惜，更多的是，他的词巧妙地表达出我们内心深处的情怀。那种至真之美、切肤之痛，如同一只戴在手腕上的玉镯，戴上就再也不愿摘下来了。尽管如此，他终究还是寂寞的，在岁月的河道里，他惆怅地撑一叶轻舟，摆渡到无人收留的岸口。

断弦再续

有些结痂的伤口，就算你不去碰触，也会在莫名其妙的时候莫名其妙地疼痛。所以一个人尽量不要带着伤口度日，否则总是会在不经意的日子里，让自己痛得无以复加。可人在世间行走，难免会被荆棘所伤。独处时，会被寂寞蛰伤；张扬时，会被利刃刺伤；寂寥时，会被寒冷冻伤；喧闹时，会被繁华灼伤。每个人的掌心，都已经雕刻了命运的纹路，纵然用刀片划乱，也无法改变注定的结局。

纳兰被青春的暗伤毒哑过嗓子，又被死亡的利剑刺穿了胸膛。他期待花开的温暖，却总会邂逅寒冷的际遇。这些日子，他在钟声经卷里获得平静，可那些不曾痊愈的伤口，还是会在空寂之时隐隐作痛。"不信鸳鸯头不白"，就像一个笑话，一个荒唐的梦。他用一生的富贵，也止不住病魔的来袭。他赌上所有的青春，也挽回不了一个柔弱的生命。瞬息浮生，薄命如斯。命运只需轻轻施展它的法力，你荣华的一生，就要化作烟云。

纳兰问佛，如何才能承受生命之轻。佛说，因果早在前世已注定，纵是悲悯如佛，宽广如佛，也不能改变天数。在佛眼中，纳兰是个痴儿，沉浸在情爱里，不能醒转。就是坐在禅房，睡在禅床，纳兰也会在幽梦中与爱妻魂神往来，不可自拔。他忘不了过往绣榻缠绵的柔情，忘不了挑灯夜话的温暖浪漫：

忆江南·宿双林禅院有感

心灰尽，有发未全僧。风雨消磨生死别，似曾相识只孤檠。情在不能醒。

摇落后，清吹那堪听。淅沥暗飘金井叶，乍闻风定又钟声。薄福荐倾城。

"心灰尽,有发未全僧",纳兰心字已成灰,他跪在佛前,想要出家,剪断三千烦恼丝,卸下红尘沉重的枷锁。可只有佛才知道,他不能彻底放下,他不是一个平凡的人,他的生命有太多牵绊。千丝万缕的纠缠,任何一种,都会将他束缚。世俗的这场戏,他还没有演完,又怎么可以脱下戏服,撒手而去?都说纳兰的一生像《红楼梦》里的贾宝玉,贾宝玉最后因林黛玉之死、贾府败落,才选择出家做和尚。天地茫茫,万念俱空,是因为,这红尘中再没有一草一木可以留住他。

纳兰不是,他虽丢了表妹,痛失爱妻,却没有经历沧海桑田的变迁。纳兰家族依旧鼎盛,他依旧是康熙器重的臣子。双亲俱在,幼儿尚在襁褓,他情不能醒,爱不能弃,又如何皈依佛门,了悟菩提?佛说,回头是岸,可何处是他要停靠的岸?每个人一出生,就摇着一叶轻舟,在人生的江河漂流,寻找着各自需要的港湾。佛光普度,也只度世间有缘人。纳兰虽与佛结缘,可他在红尘中已经根深蒂固,想要抽离,亦是万难的。也许做一个简单的人、平凡的人,会更添福寿,更得圆满。

时光匆匆，一闪一灭间，你几乎找不到痕迹。无论你是谁，都不要和时光下赌注，因为你注定会是输家。有一天，我们饱经沧桑，时光依旧安然无恙。纳兰的爱妻去世已三载。三载，不长不短，可纳兰的记忆都被悲伤填满。心事满到溢出，满到无处安放的时候，他只能调成水墨，写成词章：

金缕曲·亡妇忌日有感

此恨何时已。滴空阶、寒更雨歇，葬花天气。三载悠悠魂梦杳，是梦久应醒矣。料也觉、人间无味。不及夜台尘土隔，冷清清、一片埋愁地。钗钿约，竟抛弃。

重泉若有双鱼寄。好知他、年来苦乐，与谁相倚。我自终宵成转侧，忍听湘弦重理？待结个、他生知己。还怕两人都薄命，再缘悭、剩月零风里。清泪尽，纸灰起。

青衫湿·悼亡

近来无限伤心事，谁与话长更？从教分付，绿窗红泪,早雁初莺。

当时领略,而今断送,总负多情。忽疑君到,漆灯风飐,痴数春星。

是啊,三载悠悠魂梦杳,是梦久应醒矣。可纳兰就是不能让自己从梦里幡然醒转。月光飘洒漫天的惆怅,他每日独品一杯隔夜的苦茶,拾捡过往的记忆,想拼凑起残缺的日子。有些情感需要隐藏,有些心事注定要埋葬。所有的温柔,所有的美好,都被漂染成沁凉的泪水。任他如何将高楼望断,秋水望穿,那远去的人,也终究不会归来了。

三年,纳兰坚持不娶,可是他再也禁受不了家庭的压力,还是答应明珠,续娶了官氏。如果说前妻卢氏出自名门,那么官氏则出自望族。官氏是清朝八大贵族的第一望族——瓜尔佳氏的后人。其曾祖父直义公费英东,是努尔哈赤极为倚重的五大臣之一,作战勇敢,为清朝的开国元勋。其祖父图赖、父亲朴尔普,都被封为一等公。出生在这样一个大贵族家庭,又是满族女子、武将之后，官氏应该是一个贵气与豪气相结合的女子。她很难与卢氏的温柔贤惠相比，也不及青梅的端然安静。这样一个女子，纳兰容若自是无法真心去喜欢的。

点绛唇·对月

一种蛾眉，下弦不似初弦好。庚郎未老，何事伤心早？

素壁斜辉，竹影横窗扫。空房悄，乌啼欲晓，又下西楼了。

这是纳兰写下的词，一种蛾眉，下弦不似初弦好，可见他对官氏并无感情。他寒冷的心，需要一个温情缱绻的女子，用长久的时间和耐心才能焐暖。他对青梅和卢氏的感情，坚如磐石，若非一个绝代佳丽、旷世情种，又如何能再打动他的心？平凡的官氏，娇蛮的官氏，也许在纳兰眼里还不及他种下的一株合欢树，不及窗台上的一枝滴水莲，甚至不及案上的一盏清酿，不及他词中的一个韵脚。

纳兰不喜欢官氏，是因为官氏不解他心中的万千沟壑，无法与他夫妻唱和。更让纳兰郁闷的是，官氏的父亲朴尔普为光禄大夫少保一等公，是他的上司。纳兰在宫内的一切行为，都在他的监督之下。本就觉得压抑的纳兰，更觉苦恼万分。被纳兰明珠排挤出内阁的政敌索额图，也在康熙十九年（公元一六八〇年）担任内大臣，后又升为领侍卫内大臣。如此一来，索额图亦成了纳兰的上司。纳兰不仅要听凭皇帝的派遣，还要忍受丈人的监督，更要听从索额图的安排。他像一只弱小的虫蚁，夹在权势的缝隙里，根本无法伸展四肢。政治是复杂的旋涡，心思单纯的纳兰被卷进去，似沧海一粟，不仅力不从心，种种纷扰更让他痛不欲生。

没有欢情，没有自由，纳兰的心在繁华中寂灭。这避无可避的人生，不能消遣的闲愁，只能借酒来浇灌，借词来浸洗。他没有断发为僧的坚定，也没有挥剑而死的决绝，他瘦弱的肩膀，扛不起万丈红尘。酒成了他的知己，词则为他的情人。都说纳兰有一颗世人无法企及的慧心，可为何芸芸众生都欢愉，只有他坠入悲痛的深渊？为何别人嚼着菜根，吃着淡饭，亦觉美味，可他吃着玉粒金莼，还觉苦涩？他丰盈的心，那颗曾经浪漫多情的心，被尘世的烟火熏干，变得那么薄脆，轻轻碰触，便成了粉末。

一颗薄弱的心，还怎么禁得起沸水的熬煮，焰火的焚烧？他对着官氏，郁郁寡欢，而官氏亦不解，人人传唱的风流才子，为何竟是如此冷血薄情之人。这世间，人和人的相处，离了缘分，就像阡陌上的草木，无爱无恨。纳兰对官氏毫无感觉，甚至连讨厌的念头都不为她而生。两人结婚五年，没有子嗣，在纳兰家族的祖茔里，遍寻不到她的墓碑。堂堂纳兰容若的"二夫人"，就像一个谜，匆匆地来过，又悄悄地走了。

也许纳兰死后，官氏耐不住寂寞，又无儿无女，就依靠自己的家势离开了纳兰府，另嫁他人。那个不曾得到过纳兰丝毫宠爱的女人，她的人生也算悲哀。所以她做任何抉择，我们都应该谅解，她有权走出阴影，选择美丽的阳光。不知道纳兰对官氏，是否也曾有过恻隐之心？是否会因为对她冷落，而生出些许遗憾？去者去矣，风烟俱净，任何询问都不会有答案。

西风古道

日子就这样被一页页不经意地翻过,而我们总喜欢在平淡的今天去阅读繁芜的昨天。总以为逝去的永远都值得回味,却忽略了明天也会成为昨天。而所有的过程和细节,最终还是要支付给岁月;一生所经历的波折,真的好无辜。所以我们不必相信,搁置在时光深处的往事就一定经久美好。也没有谁,可以真正将日子过得清宁简单,从容到老。

纳兰的人生,就如同逆旅,走得越远,越是艰辛。试想一个人,策马江湖,追逐自己的方向,却错误地南辕北辙。这一生,他就只能浪迹天涯,凄凉遗世了。纳兰是这样一个在繁华中可以独自落泪，在寂寞时又可以独享清欢的人。他被迫在尘世中演绎一个他并不喜欢的角色，就像一个清丽的少女，抹上浓艳的脂粉，还穿上别人的嫁衣，嘴角扬起笑意，假装很幸福。

纳兰觉得自己唯一值得骄傲的，就是他的词。他可以将所有的心性情志都储存在词中，每一笔墨痕都浓郁饱满，浓郁得没有掺杂一丝水分。所以，无论过了多少年，黑还是黑，白还是白，就连悲喜，都是澄澈分明的。他的词，一直保持着未被磨去的棱角，可以完完全全直抵读者内心。他没落的红尘，他的坚定，就像秋季里一枚执着绿意的叶子，像一杯泡了好几遍的茶水，努力不失掉原味。

纳兰告诉自己，想要静下来，就只有浸泡在文字里，才可以不问春秋，不关冷暖。他埋头搜读经史，将所得的见闻和学友传述记录整理成文，用了三四年的时间，终于编成了四卷《渌水亭杂识》。书中包含历史、地理、天文、佛学、音乐、文学等方面的知识，内容可谓海纳百川、包罗万象。纳兰发现，自己这一世是为文字而生，他让自己漂荡在苍茫的历史江海中，拾捡文明的碎片。万事万物，不仅启发了他的灵性，更给了他一种大满足、大寂寥的感觉。曾经以为简单平凡的事物，也有了情感和内涵；曾经以为繁复杂乱的思想，其实简洁而寻常。

纳兰虽然继续担任侍卫之职，但一部《渌水亭杂识》编著好后，朝廷百官对他这位青年才俊再添敬仰。他这一生，除了在感情上几度起落，论及名利，也算是春风得意。康熙对这位大清才子可谓宠爱有加，却一直不给他加官晋爵，这么多年，他还是离不开侍卫的岗位。以前也探究过原因，是因为纳兰软弱善感的性情，使他无法担任更高远的职位。康熙对他的喜爱丝毫不减，这些年，康熙已经习惯了纳兰跟随在身边，若是将他调离，只怕心有不舍。

伤口渐渐愈合的纳兰，不再那么形容憔悴，站在人群中，他依旧出类拔萃，英俊潇洒。每日当班，和同僚相处，不仅索然无味，暗地里还倾轧争斗，让他十分压抑。回到家，面对骄横的官氏，尽管也想要安抚她，对她稍温柔些，可在一起时总觉得力不从心。只有置身于书卷中，才能寻得几分清凉与喜悦。静下来，心里就是无边的空落，现世的繁华越填越虚空。为了让心不再这么消瘦，他让自己忙起来，在渌水亭会见好友，以往只喜欢小酌的他，如今常常喝得酩酊。

自古以来，许多文人墨客都喜欢手执一壶酒，腹藏千句诗。事实上，酒不能浇愁，酒也不能醒梦，酒只是给愉悦的人以愉悦，给忧愁的人以忧愁。甚至在醉后更加清醒地看到自己的愁闷与悲哀，以往隐藏的残缺都会在醉后显露。就如同心境，你以淡定自持，所看到的风景亦是从容的；你以悲伤自持，所看到的风景必定是凄凉的。人生就是一面镜子，你对它微笑，它还你微笑；你对它哭泣，它还你哭泣。多么简单的道理，可世人却总是穷尽一生，去追索，去思考，到最后，终究弄不明白是哪里出了错，为何追求的方向往往与意愿背道而驰。

当康熙下旨，要纳兰随驾出行时，他顿时觉得豁然。以往诸多的不情愿，在此时，却成了一种渴望。当职时倍感压力，宫里有许多他看不惯的争斗，许多逢迎的嘴脸。明珠府里的一草一木，都牵系着他永远的悲痛。如今更要面对一个不爱的女人，看着她，强作微笑。纳兰想着，他应该离开这里，走得远远的，应该背井离乡，也许只有这样，才能够暂时忘记，忘记京师的一切荣枯，忘记生命里的爱怨。让自己以端然的姿态站出来，去体验不同地域的风土人情，去淡看别人的离合悲喜。

纳兰错了，他的情思永远都是那么饱满，所以他不能坐在云端，淡看凡尘往来。这些年，他作为宫廷侍卫，随康熙帝参与各种重要活动，也算是踏遍名胜山川、州府城镇。虽然他的词多写离愁别绪，脱离不了情爱，可是这么多年的见识与历程，让他的思想境界变得开阔，所以文字中沉淀了人生的内蕴，有了难以承受的分量，不是单纯的伤春悲秋，所以把纳兰比作《红楼梦》里的贾宝玉，在某种程度上似有不妥。纳兰长年伴随帝侧，南北东西，见闻广博，他的视野，他的襟怀，又岂是住在大观园，整日与香草美人为伴的贾宝玉所能及的？

纳兰的家族，与《红楼梦》中的贾府，确有相似之处。纳兰的出身与某些遭遇，和贾宝玉的出身与某些遭遇，亦有相同之处。然而，每个人都在属于自己的历程里制造各种唯一，却又有许多巧合，一个微笑，一个叹息，一句话语，都会和自己有神似之处。

我们都是芸芸众生里平凡的一个,扮演着不同的角色,却经历着同样沧桑的世事。时光是公平的,它不会偏向任何一个人,我们将青翠的时光过到苍绿,将轻薄的开始过到厚重的结局,真的不容易。一个人对别人慈悲,就是对自己慈悲;对别人容忍,就是对自己容忍。

纳兰随着康熙游历,要时刻顾及君主的感受,虽位极人臣,却也卑微。作为一个帝王,康熙也许会阻碍臣子的自由,却无法束缚他的心灵。万千风景,为所有的世人敞开,只要你有心,就可以活得比一个君王更尊贵,更骄傲。纳兰行走在人生的旅途上,从这一站匆匆地赶往下一站。每一次,认识一个人,邂逅一件事,都在他心底营造一片天空,酝酿一种情绪。他不会轻易忽略生命过程里的每一段机缘。他像风一样,打别人身边走过,可每个人都能记住。纳兰从来不是一个掠夺者,他带走一段记忆,也会留下些许感动。

一路风尘,与各种风物人情擦肩,可最让纳兰牵心的还是亡妻。他以为放逐自己就能够暂时将她忘记,可他错了,如此漂游,只会增添心中对她的怀念。他想念京师，想念明珠府花园，因为那里有他熟悉的草木，每一株草木，都记得他和爱妻的恩情。他将这些情愫，用词记录下来，是因为，他不能相忘：

浣溪沙

谁念西风独自凉，萧萧黄叶闭疏窗。沉思往事立残阳。

被酒莫惊春睡重，赌书消得泼茶香。当时只道是寻常。

浣溪沙

欲寄愁心朔雁边，西风浊酒惨离筵。黄花时节碧云天。

古戍烽烟迷斥堠，夕阳村落解鞍鞯。不知征战几人还？

浣溪沙

身向云山那畔行，北风吹断马嘶声。深秋远塞若为情。

一抹晚烟荒戍垒，半竿斜日旧关城。古今幽恨几时平。

"赌书消得泼茶香",这是他一直期待的生活,曾经有过,当时只道是寻常,如今才知道,那种闲淡是多么让人想要珍惜。人的一生,仿佛都在错过中行走,只有回首之时,方能了悟,可永远都太迟。西风古道,有个叫纳兰容若的词人,骑着一匹瘦马,在寒烟中漫行。他的寂寞,是一株芦花的寂寞;他的相思,是一颗红豆的相思。其实,他离我们真的不远,只是三百多年。三百多年,一棵树,依旧葱郁如初;一粒沙,依旧微细渺小;一弯月,年年重复着圆缺。

第五卷 我是人间惆怅客

薪火煮茶

有人说，假如你在天涯不知归路，这红尘中，还有一个摆渡的渔夫会告诉你，有鸥鹭的地方就是故乡。就算等不到那个摆渡人，亦会有一株招摇的水草，指引你远行的方向。策马扬尘，作为一个异乡客，一间茅屋，一畦菜地，一个农女，都是他的归宿。待离去时，只需放一把火，将茅屋烧掉；喝一壶酒，将恩怨咽下。这样，又可以轻松上路，在他的身后，落花化作春泥，青春散成往事。

浣溪沙

残雪凝辉冷画屏，《落梅》横笛已三更。更无人处月胧明。

> 我是人间惆怅客,知君何事泪纵横。断肠声里忆平生。

这不是残忍,人生有太多的逼迫,世事乱象丛生,人在荆棘中行走,总是顾不得那许多。纳兰每次随驾出行,队伍虽井然有序,可他的心总是会迷失方向。他常常觉得自己是个异乡客,踽踽独行。所以,他说自己是"人间惆怅客",他行走的路,弥漫了太多风烟。命运要他以孤独的清白,来完成尊贵的今生,他注定比世间的任何人都走得艰辛。其实他摊开自己的手掌,就可以屈指算出这一生的历程,不必去请求术士为他称骨相命。就算他将富贵典当成贫穷,将才华变卖成平庸,将深情转换为薄情,也改变不了世人心中那个华贵多情的纳兰容若。

他之所以惆怅,是因为他总会被情绪左右。他可以脱下名缰利锁,去做一个淡然独步的隐士,却无法做一个挥剑断情、至死无悔的独孤侠客。只有等到那一天,他挥霍完所有,贫瘠到只剩下情与他相伴,或许才可以满足地死去。倘若要他轻易就把自己交付给光阴,又如何对得起生命？相信许多读过纳兰词的人,都忘不了这一句:我是人间惆怅客。因为他就是这么不经意地将惆怅传递给了别人,我们感染了他的惆怅,在人生的行途上,总有浮云遮目,风烟扰心。呈现在我们眼前的,就是一个忧郁的词客,在清冷的月光下,捧着一卷书,喃喃自语:我是人间惆怅客,知君何事泪纵横。

许多人,在金銮殿里走过一圈,在皇帝身边跟随半月,命运就有了莫大的转变,人生观也会有所不同。而纳兰,伴了康熙六年,一如既往,依旧做他的侍卫。当年纳兰的父亲也是以侍卫为根基,渐渐升至高位,他的父亲一路平步青云,远比他强大得多。在纳兰这样的年纪,明珠已是内务府总管,可纳兰却褪不去侍卫的官服。鞍前马后,寒暑相伴。尽管纳兰受到康熙的金牌、佩刀、鞍马、折扇、诗抄等诸多赏赐,但物质的荣赏永远不及官位尊贵。也许纳兰并不屑于官居高位,只是作为一个文人,他有着比普通人更强烈的骄傲与尊严。六年的侍卫生涯,纳兰只觉前路迷茫,并不开心。

结束旅程，纳兰打马归来，明珠府花园已是满院春光，前尘旧事，有如华胥一梦，才看过空山落叶，万紫千红又在身边。一年四季，只是最简单的轮回，春风秋月，夏荷冬雪，了然如画。比起人生，草木的荣枯，繁花的开落，明月的圆缺，都更井然有序，怡然自得。生命是在一瓢一饮中度过，其间的滋味，就看你如何去咀嚼。你可以嚼出甘甜的味道，也可以品出苦涩的滋味。

令纳兰稍感宽慰的是，可以在渌水亭和好友欢聚。三五知己，煮酒言欢，纳兰将一路上的所见所闻讲述给大家，与朋友一起分享南北逸事、风物人情，再将这些见闻唱和成词，聊寄风雅。也只有这时候，纳兰才可以忘记心中的惆怅，才可以体会到人生还有许多乐事，只不过需要自己放开心怀去寻找，去接纳。纳兰只有在爱人身边，在知己面前，才能够做到纯粹彻底。倘若一个人可以在另一个人面前做到无须穿戴衣饰，这般坦荡，这般旷达，该是怎样的一种轻松自如？

虽然纳兰的心为表妹和爱妻尘封，但他也曾想过今生还会有红颜相伴。可他明白，他的情怀，世间恐再难有人懂得。在遇见一位绝代佳人之前,他宁可负天下人,也不委屈自己的心。这样的执着,也许只有纳兰容若做得到。不,这世间还有许多痴男怨女,他们同样为情坚守自己的誓约。可许多人,都没有把握做到一往情深,此心不渝。

苏幕遮

枕函香,花径漏。依约相逢,絮语黄昏后。时节薄寒人病酒,刬地梨花,彻夜东风瘦。

掩银屏,垂翠袖。何处吹箫,脉脉情微逗。肠断月明红豆蔻。月似当时,人似当时否?

其实纳兰也有期待,当他独坐黄昏后,看水月交融,听花草私语,那颗寂寥的心亦渴望有柔情抚慰。月似当时,人似当时否? 他心有期许,一个多情的盛年男子,如何可以忍受长时间的孤寂与独欢? 所以,他希望在妾室颜氏身上找到那么一点过往的影子。哪怕是一丝安静,一片温婉,也可以撩起他些许温情的记忆。

颜氏家世不详，想来她纵算不是绝色佳丽，也应该是个低眉顺目、温柔似水的小女人。能够让纳兰明珠夫妇看上做儿媳妇的女子，就算没有显赫的家世，其身份也必定尊贵。也许她不能和纳兰抚琴弹唱，不能与他吟诗对句，但她会默默地陪伴在他身边，将自己的一切交付给这个温和的男人，为他洗手做羹汤，为他生儿育女，做人间最寻常的夫妻，拥有最平淡的幸福。她知道，她这一生都无法走进他的内心，可是她不介意，为他付出就是她此生最大的满足。

对于这样一个温顺的女子，纳兰就算给不起她爱，也不至于太淡漠。就当作人生过程中一段平静的插曲，给他寒冷的身子燃烧一捧薪火，给他寂灭的心投上一枚小石子，微微的波澜，好过寂静。当纳兰喝着她亲手做的羹汤，穿着她亲手缝制的鞋时，恍然明白，这就是生活，淡淡的烟火，有时候也会令他贪恋。假如从不曾有过刻骨的爱恋，不曾经历过生离死别，或许纳兰会甘愿和这样一个平凡的女子，简单地过一生。

可发生过的事，不能当作从来没有过。温顺的颜氏，给得起纳兰平淡的生活，却无法舔舐他的旧痕老伤。许多个夜里，纳兰依旧会在梦里痛醒，爱妻用幽怨的眼眸凄楚地看着他，诉说一段人间天上的相思：

沁园春

丁巳重阳前三日，梦亡妇淡妆素服，执手哽咽，语多不复能记。但临别有云："衔恨愿为天上月，年年犹得向郎圆。"妇素未工诗，不知何以得此也。觉后感赋长调。

瞬息浮生，薄命如斯，低徊怎忘。自那番摧折，无衫不泪；几年恩爱，有梦何妨。最苦啼鹃，频催别鹄，赢得更阑哭一场。遗容在，只灵飙一转，未许端详。

重寻碧落茫茫。料短发朝来定有霜。信人间天上，尘缘未断；春花秋月，触绪堪伤。欲结绸缪，翻惊漂泊，两处鸳鸯各自凉。真无奈，把声声檐雨，谱入愁乡。

"衔恨愿为天上月，年年犹得向郎圆。"多少深情，多少痴心，都隐藏在这么一句诗里。纳兰应当捧着这句诗缠绵度日，才可以回报爱妻的一片痴心。他应该守护她的魂灵，尽管残缺，也应当为这份残缺而执着。世间就是会有如此不顾一切的爱，不容许我们不去相信。这样的爱，不是要我们去感动，也不是为了提醒什么，因为这样的爱与人无尤。

这份情感，在纳兰的心中碾过太深的痕迹，任凭岁月席卷而来，也无法掩去往昔的印记。其实，每个人的内心都有过一段或几段旧伤。只是有些人努力去遮掩，害怕时光会叠合在一个人身上，而那些老去的故事，会一次次地重复上演。如果可以，便做到不相忘，又将过往的伤悄悄地隐藏，只要彼此相安无事，便好。

梦醉江南

都说人生是一本书,可这本书原本是无字的,是每个人用日子做笔,将空白写满。所以,一个人无论有多少丰盈的往事,都无法提前将未来填充。你看到的昨天的页面,已经墨迹斑斑,明天的纸张却还纯白无瑕。所有的故事,都要自己亲力亲为,任何人都不能省略其间的片段。这个书写的过程,仓促时,如同挽一朵剑花纷落的美丽;缓慢时,又如同品一杯闲茶氤氲的淡定。

尽管纳兰的思绪总是沉浸在往事里,可在一些有风有雨的夜里,一些明月清风的夜里,他的心依旧会空落。有时候,回忆也只能点缀日子,却不可作为生活的全部。他是红尘中一株行走的草，经历过生死幻灭，在春天来到的时候，那枯萎的根茎依旧会萌生新芽。官氏的傲慢，颜氏的寻常，给不起纳兰诗意的情怀。这位风流才子需要心灵深处的交谈，甚至隐隐地期待一位多情玲珑的红颜出现，替他解去身上的捆绳。

在渌水亭，他与好友顾贞观煮茶闲聊。顾贞观提及江南乌程有一位精通琴棋书画的才女，叫沈宛，字御蝉。虽为艺伎，却情操高雅，长得花容月貌，有着江南水乡的柔美灵逸。她自填诗词，自谱琴曲，轻歌曼舞，在一年一度的选魁盛赛中，年年夺得花魁。顾贞观此次下江南，有幸与沈宛结识，也为她的才貌所惊羡。但机缘巧合的是，身居江南的沈宛，却久慕京师纳兰容若的才情，并且手抄了纳兰的词集，日日吟诵，有些还编成词曲，在江南传唱。

对于他人的热忱仰慕，纳兰已习以为常，可一个江南才女对他如此有心，纳兰不能不为之心动。更何况以顾贞观的品位，他欣赏的女子，定不是寻常的红颜佳丽。江南是纳兰心之神往的地方，那里山温水软，石桥小舟，烟雨杏花，适合一个词人温柔地做梦。窗前听一帘雨，月下品一壶茶，在困意中享受时间的美，哪怕虚度了光阴,也不会觉得遗憾。在闲逸的江南,看花开花落、客来客往,连惆怅都是甜蜜的。

纳兰也曾随康熙出行到过江南,可每次都来去匆匆,又总被自己的职位所缚,缺少了闲情去仔细欣赏那片温婉的山水。他喜欢江南,繁华却不轻浮,深厚却又含蓄,随处都是诗情画意,那儿的人每天都可以滋润散淡地生活。在那里,可以感受"且将新火试新茶。诗酒趁年华"的风情与浪漫。在落花时节轻轻做梦,梦里闻着过往流香,疼痛也随之柔软,伤悲也趋于温和。也是因为如此,纳兰的好友多为江南名士,在他们身上,纳兰可以闻到江南芬芳的气息,感受到微风细雨的心情。

机缘早已注定,直到康熙下旨命纳兰随他一同南巡,纳兰对机缘就真的深信不疑了。在京师,纳兰做着江南的梦,甚至在孤寂之时会想起江南有个叫沈宛的女子,是否也会将他淡淡地想念。想得多了,他甚至会觉得有愧于爱妻。可人不能主宰自己的情感,无法掌控自己的思想。对于那个不曾谋面的江南女子,纳兰对她的想念,已经远胜过平常的期许。多年来,那些仰慕纳兰的人，许多连过客都算不上。邂逅的人，也只是他眼睫上遗落的尘埃，见过便忘的风景。他不知道这意味着什么，也许所有的期待都不过是生命里华丽的泡影。

江南春意如丝，趁易感的时候，潜入本就薄弱的心里。纳兰随在康熙身边，奔忙了近一月，没有多余的时间来赏阅柳浪莺啼。许是因了康熙心情好，或是他了解纳兰对江南的渴望，竟然准了纳兰的假，让他可以尽情游赏风景。纳兰就像一叶系在柳下的轻舟，解开绳缆，就可以在江南水驿摇桨漫游。他不知道，他如此漫不经心地漂流，竟会落入别人的梦里，成为别人一生珍藏的风景。

有意或无意，偶然或必然，总之他们邂逅在江南画舫，相知在绿纱窗下。她，剪水双眸，凝脂肌肤，手抚琴弦，撩拨一曲自谱的《长命女》：

黄昏后。打窗风雨停还骤。不寐仍眠久。渐渐寒侵锦被。细细香消金兽。添段新愁和感旧。拼却红颜瘦。

他，风华正盛，气度翩然，指点文字，为她书写一阕《浣溪沙》：

十八年来堕世间，吹花嚼蕊弄冰弦。多情情寄阿谁边？

紫玉钗斜灯影背，红绵粉冷枕函偏。相看好处却无言。

情就是如此，有些人，相处了一生一世，心如平湖，泛不起一丝波澜；有些人，只一次邂逅，一个眼神，就摄获了今生的感动。纳兰和沈宛当属后者，在此之前，他们不曾想过会有这样一场相逢；在此之后，他们已不在乎还是不是昨天的自己。直到他们泛舟湖上，交杯换盏，近得可以闻到彼此的呼吸，纳兰才相信眼前的一切都是真的。在江南，他与一个诗样的女子邂逅，她开启了他储藏在心间的窖酿，与他一同品尝旧梦，再和往事干杯。她给他绿衣的春天，给他芬芳的模样，以及烟雨的柔肠。

他和沈宛在一起的日子，因为太美太轻，每天都像是梦。这个梦,他似乎做了二十年,如今果然成真。在恍惚的时光里,纳兰甚至以为,过往的生涯都蹉跎虚度。沈宛让他从往事中惊醒,再赏红尘之美,原来他错过了太多,错过了秋月春风的温润,错过了庭院深深的月光,错过了一枝柳条的情思,错过了一朵丁香的愁怨。沈宛带给纳兰的感觉,太震撼,太惊心。不仅是因为她的美貌、她的才情,更动人的是,她有着江南女子的性灵和飘逸。她正是一位久居京师的风流才子所渴慕、所向往的仙人。

纳兰的表妹青梅虽清雅似一朵梨花,可她安静,不似沈宛,像在灵水里浸泡过的女子,有一双会说话的眼睛。纳兰的爱妻意梅虽端庄贤惠,可她对纳兰更多的是敬重,是付出,不似沈宛妩媚妖娆,不仅付出,还要无休止地索取她想要的浪漫与激情。至于官氏与颜氏,似乎连比较的必要都没有了。沈宛更与众不同的是,她是江南女子,生于江南,长于江南,她身上独有的气质与风情,是其余几个女子皆不能比拟的。

纳兰将他与沈宛的相逢,都归结于宿命,若非三生石上的旧精魂,又怎会有人间这一场爱恋。他对青梅的爱,是一个少年第一次刹那的心动,纯真而洁净。他对卢氏的爱,是一个男子对一个完美女性最真切的依恋,炽热而执着。而他对沈宛的爱,则是一个词人为一个知音交付自己所有的真性情,是一种灵魂的奉献。对纳兰来说,沈宛就是一首耐人寻味的词,蕴含了山水、人文、情感,以及太多难以言说的美丽:

南乡子

飞絮晚悠飏,斜日波纹映画梁。刺绣女儿楼上立,柔肠,爱看晴丝百尺长。

风定却闻香,吹落残红在绣床。休堕玉钗惊比翼,双双,共唼蘋花绿满塘。

不知道接受一段新感情,对过往的那份情感是不是一种背叛。如果是,那人的一生都是在背叛中度过,背叛昨日,又背叛了今朝。纳兰拥有了现在,并不代表他就遗忘了过去。逝去的人和事,尘封起来,会比一直在太阳底下晾晒藏得更经久。背着一个包袱上路，这样的人生注定是负重而行，捆绑了自己，也锁住了别人。人有时候需要将装满的包袱放下，背上空空的行囊，去装载更多的故事。

既然有了抉择，就要做到无悔。行走在江南的陌上，任凭身后花开花落，尘来尘去，都不再回头。纳兰明白，曾经的梦无声无息地睡着，现在的梦有情有义地醒着。如果真爱是罪，那么纳兰甘愿有一天，为他的罪接受惩罚。

人去春休

只有一个走过岁月的人,才会说不要轻易许诺,不要轻易说爱,否则有一天,你终会为自己曾经的言语懊悔。真的如此吗?同样有许多人,把所有的过往都当作一种磨砺,是人生最珍贵的篇章。其实,在纷扰的浮世,恩怨情仇都可以化开,荣辱幻灭转身就会被人遗忘。你在意的人事,你害怕的江湖,其实是那么寻常。

纳兰和沈宛在一起的这些天,每日在画舫上喝酒填词,看江南两岸垂柳清风、黛瓦白墙,这样温柔的诗意生活是他从前不曾有过的。纳兰的《饮水词》,沈宛的《选梦词》,就像一朵并蒂花,开在如梦如幻的江南，他们成了一对人人羡慕的玉人。午夜梦回，纳兰总会问自己，曾经的爱恋，真的就烟消云散了吗？他不知道，放在心底不去碰触，到底算不算背叛。可有时候，他跟沈宛爱到忘形时，又真的希望自己可以更加完美无瑕。倘若没有一些疼痛的过去，他是不是会更清白？爱得更彻底，更坦然？为自己有这样的想法，纳兰觉得有些惭愧。

纳兰是一个多情的男子，却绝不会轻易对一个女子交付真情。他的一生，就这么几段情爱，且皆是结束一个故事，才开始另一个故事，他亦没有能力同时去拥有几段感情。这不禁让人想起《红楼梦》中的贾宝玉，在脂粉堆里长大的多情公子，在他眼里，女儿是水做的骨肉，都是冰清玉洁的，所以他都想珍惜。可他并不是每个女子都爱，他真爱的人唯有黛玉。他对黛玉说："任凭弱水三千，我只取一瓢饮。"黛玉才是他要的那杯茶，所以当黛玉死了，他亦无心接受冷美人薛宝钗，后来家族的败落令他红尘梦醒，皈依佛门。

纳兰与宝玉终究是不同的，纳兰接触的多为满族女子，而宝玉身边则是钟灵毓秀的江南女子。虽然纳兰也是满族人，可他情感细腻，身体柔弱，他心里倾慕的还是有灵气的江南婉女。纳兰自己都没想过，表妹离开，爱妻死去，他会在梦里的江南遇到沈宛。因为有过失去，所以更懂得珍惜，他对沈宛的爱，是灵魂的相聘。这一次，纳兰爱得投入而刻骨。沈宛虽是江南名伎，身边不乏风流名士倾慕，可从未遇到一个男子让她甘愿付出真情。纳兰的词、纳兰的人，似三月的春风，潜入她灵魂深处，想要抽离，已经太迟。

令沈宛担忧的是，她处江南，纳兰居京师；她是江南歌伎，民间女子，身似漂萍，无根无蒂，他是纳兰明珠的公子，皇宫侍卫，金阶玉堂，无上尊荣。他们之间的差距太大了，尤其满汉之间，始终隔着一条种族之河，没有舟楫，没有绳缆，又如何能够纵身一跃？沈宛忧心她和纳兰的相逢，轻如萍水，还未停留，就已随时光漂向不知名的远方。如果可以，她愿意用经年的别离，换来偶然的相聚，此生为纳兰独守在江南，从容不惊地老去。

离别的日子愈发近了，纳兰不明白，这一生为何总是处在离别的渡口。原以为，相逢与离别会是一样的久长，幸福与悲伤也会是一样的深浅。现实却不是如此，他亲手种植的相思树，用情感浇灌，用热忱守护，才看到蓓蕾，花不曾绽放，就要离开枝头。人生就是这样重复着，任由你做出多少努力，终究摆脱不了轮回的宿命。多少往来故事，其实并没有玄机，是我们自己总是去疑惑真假，那是因为我们每个日子都在恐慌拥有和失去。名利尚有转圜的余地，有些情感，一旦失去，就覆水难收。

康熙南巡的日子结束了，纳兰只能随他一同回京师。最后一晚的相处，绿窗下，纳兰和沈宛相看，不言不语。生怕任何言语、任何举动，都会让时光悄然从身边流走。纳兰甚至不敢许下任何誓约，他怕誓约会如同这暮春的残絮，散落尘泥。因为他曾经在一场盛宴上做过缺席的人，那道伤，每当遇到阴雨天就会发作，痛入骨髓。作为江南名伎的沈宛，这些年，她听惯了海誓山盟，却深知那些诺言轻薄如纸。而纳兰的沉默，却让她感到安稳，因为他们在摇荡的岁月里，已经懂得彼此体贴。

谁说爱到极致是无言，是淡然，是无牵，其实不是这样。这般无言，不是因为他们从容，而是距离的河流终于要将两个同船的人分散。他在人间摆渡，想要停留，却又不得不漂去远方。她是一只离不开水的鸥鸟，眷念堤岸，却又忘不了涛声。纳兰觉得，自己已经将旺盛的青春给了别人，原本已觉相逢太迟，又要接受未知的离别。他不许诺，就是怕自己守不住约。因为他知道，等待会令人老去，他害怕这个如花的女子为他红颜白头。沈宛觉得，爱是无私，纵算辜负了诺言，也不该责怪。落花与流水，凉风与残月，究竟是谁无情，又是谁无意？

本是悲伤的离别，他们却装作平静，就像撕裂伤口，明明在流血，还笑着说真的不疼。他是她人生里的第一杯茶，品到清苦，亦有浓郁的回甘。她是他人生里的第三枝花，开到极致，亦有疏落的清凉。她知道他心底有伤，所以和他在一起的时日，她素手为他补心裂。他知道她害怕甜蜜的诺言，所以他只给她现世的温暖、灵魂的感动。所以他们相爱，无论荣华与清苦、相守与相离，都一往无悔。

纳兰摆渡离开，将绳缆抛向天涯，渺入苍茫的云水。过往的十年，就像一场经久的梦，美丽却凄伤。而现在他看到的是真实的自己,他想留在江南,守护这个女子,却不能编出谎言,说他真的一点都不在乎名利。沈宛看着他离去,在雁过的高楼,想要招手,摆在眼前的是滔滔不尽的红尘。

南乡子

烟暖雨初收,落尽繁花小院幽。摘得一双红豆子,低头,说着分携泪暗流。

人去似春休,卮酒曾将醉石尤。别自有人桃叶渡,扁舟,一种烟波各自愁。

"人去似春休","一种烟波各自愁"。他们的爱情,亦像一首词,相逢是平,离别是仄,红豆是情怀,相思是韵脚。虽是才子佳人,可他们不能生活在词里,餐风饮露,不食烟火。既是在尘世,一缕清风,一米阳光,都可以将他们惊扰。他们的心,就像一湖静水,被桨橹划过,再也拼凑不出完整的模样。彼此在相思中惆怅,深刻的爱不说出口,却已下定决心要生死相随。

临江仙·永平道中

独客单衾谁念我,晓来凉雨飕飕。缄书欲寄又还休。个侬憔悴,禁得更添愁。

曾记年年三月病,而今病向深秋。卢龙风景白人头。药炉烟里,支枕听河流。

纳兰病了,在和沈宛离别的旅途中犯了寒疾,每次心伤,他的病就会发作。无论是寒冬炎夏,还是冷春凉秋,这病给人的感觉,都是钻入骨髓的冷和撕心裂肺的痛。他害怕在旅途中生病,身边虽然围着一大群人为他忙碌,可是没有一个人能够给他温暖。这时候,他总觉得自己被人抛弃到荒山野外,孤独为邻,影子相伴。满是空山的落叶,归根是它们最终的梦。而纳兰的根在哪里?他是飘飞的雪花,是江南的过客,是塞北的孤狼,是人间的漂萍。

情感是巫师,给他这一生下了诅咒,他中了命运的蛊,并且再没有一道符可以解开。日子兜兜转转,一切仿佛又回到了最初。药炉外萦绕着淡淡的烟雾,这熟悉的味道,又让他想起他和表妹曾经喜爱的那味药——独活。如今的他,还是独活吗?在他人生的这册词卷里,昨天温暖的墨迹还未干,就要仓促地写完今天这寒凉的一笔。

明月相思

人一生都活在命运编排的戏里，若问角色，谁也不知道，有多少时间是充当过客，又有多少时间是充当归人。仿佛一直在行走，不是因为山水的诱惑，而是有太多未知的约定等着我们去奔赴。旅程如风，我们在风中如此渺小，许是微尘，许是水珠，许是花叶，可终有驿站会收留漂泊的你我。也因为如此，我们看到爬满绿藤的院落，就以为是家；看到苔藓斑驳的古井，就以为有水；看到一扇半开半掩的绿纱窗，就以为是将自己等候。

人的心，总是在坚定时柔软，在脆弱中顽强。岂不知，优雅背后是仓皇，慌乱之中藏淡定。都说女子伤春，男子悲秋，纳兰不是宋玉，可有着宋玉的情怀。此时的他，病倒在某个不知名的驿站，在叶落的秋天。病中记忆是模糊的，多少往事，多少过客，都模糊成似是而非的影子。可有些人已镂刻在心里，纵然心湖被搅乱，他亦有把握将其恢复成最初的模样。纳兰卧在病床上，闻着秋风的味道，那种悲伤，比疼痛更甚，钻入骨髓，蔓延到五脏六腑。

"莫对月明思往事，也知消减年年。"明月有心，春夏秋冬皆不离不弃，可明月亦有恨，若是无恨，月会长圆。纳兰觉得，自己就是那只行将老去的秋蝉，被岁月褪去了华丽的衣裳，带着伤痕站在夜的肩膀上，等待一场寂灭的荒凉。他用残翅裹住心中的柔软，本就不堪一击的灵魂更加脆弱。他可以埋首在壳中，听尘世流年如风，只是不知道，他和沈宛的爱情，会不会还有重见天日的未来。

回到京师，恢复好身子的纳兰让自己像个陀螺似的投入工作。他希望可以在忙碌中淡忘对江南的思念，还有那印在脑海里的容颜。多年来待在相同的职位上，重复着单调和枯燥，早已磨尽了他的热情。如果说他对仕途有过些许眷念，那也是在遥远的昨天。

闲碎的杂事，频繁的出巡，让本就身子柔弱的他更加力不从心。生命的琴弦日益绷紧，他觉得若不逃离，终有一天要面对弦断琴裂的结局。仕途的挫败，亦有锋锐的杀伤力，失意的纳兰只好借酒释怀，他说："昔人言，身后名不如生前一杯酒，此言大是。"

只是，纳兰人生的这壶酒被开启后，就越喝越淡。有一天，淡到如水时，是否还能麻醉他的思想？最锥心的，莫过于相思两地，以往和爱妻别离，至少相聚有期，可他和沈宛却隔着缥缈的江河，没有名分，没有誓约，他就这样将她遗留在江南。留给她几卷消瘦的词，一张模糊的笑脸，还有一个叫纳兰的符号，让她每日故作平静地等待。他甚至忽略了，一个女子最耗不起的就是等待，哪怕她有足够的年华可以荒废，也等不起一份无期的约定。

清平乐

塞鸿去矣，锦字何时寄？记得灯前佯忍泪，却问明朝行未。

别来几度如珪，飘零落叶成堆。一种晓寒残梦，凄

凉毕竟因谁？

飞鸿过矣，它的转身意味着背叛了某段机缘。纳兰写好的锦书，不是无处投递，而是不知该如何投递。在给不起沈宛圆满结局的时候，他心绪难安。这时的江南，就是一个柔情的梦，却被棘刺包裹，想要打开，就会受伤。纳兰不是怕伤了自己，而是怕累及别人。除了每夜对月伤情，填词寄怀，纳兰不知道可以做什么，亦不知如何为这段爱情承担一些该负的责任。他是一只夜莺，喜欢黑暗，却又厌倦鸣叫；是一株莲荷，不舍清白，又离不了淤泥。

渌水亭，这是他在京师唯一可以搁歇灵魂的地方。这些年，每当纳兰心中烦闷，无处消遣，都会与三五知己相邀，来此喝酒闲聊。他一生所拥有的，除了情爱之欢，就是友朋之乐。他显赫的家族，尊贵的地位，从来都不是他的骄傲。在这里，有满池的莲，无论是绽放还是枯萎，都在池中和风声交换淡泊的心事。纳兰的心事，亦需要交换，需要有人懂得、宽解。他将自己和沈宛在江南邂逅相爱之事告诉挚友顾贞观，试图让他想个计策，如何才能将沈宛接到京师，与她不相离。

事实上，他们都明白，满汉之分就是无情的界限。以纳兰尊贵的血统，和一个汉族女子相爱，已属越轨。若要将沈宛接到京师，收纳为妾，只怕纳兰明珠夫妇会极力反对。这些都还是次要的，沈宛不仅是汉人，更是江南名伎，试问，一个堂堂大清高官，如何会收留一名歌伎为家中的一员？纳兰身上流淌着高贵的血液，无论他是否接受，今生已是不争的事实。以沈宛的卑微，他们二人想要鸳鸯白头、林鸟同飞，并非易事。

纳兰也想学古人，放弃一切人间功贵，独上兰舟，随烟水下江南。在某个乡野荒村，做个无名渔父，和沈宛过平淡生活。就像一位放下刀剑的侠客，像一位脱去征袍的将军，像一个丢弃笔墨的文人，千帆过尽，再无心与这红尘相争。人生有太多难圆之事，不是喝几碗烈酒就能摆平，就像荒原的草木，不是放一把野火就可以烧尽。纳兰心中的矛盾，不是你我可以体会，可以理解。纳兰容若这个名字早已烙刻在许多人的梦中，怎么可以消失得了无痕迹？纵然安静到不发一言，只要他在，就像空谷幽竹、寒潭孤鹤，就会有那么多人喜欢。若是此番义无反顾地离去，那水上轻舟、古道瘦马，可以走多远？

不是他懦弱，而是现实的刀刃太锋利，纵然他有横刀而死的决心、惊涛回澜的气势，也抵不过命运笔下的一撇一捺。明知道是一场必输的赌局，时间是庄，他仍拍案，倾其所有去下注，输光一切，这样就意味着他有勇气，没有背叛？

采桑子

而今才道当时错，心绪凄迷。红泪偷垂，满眼春风百事非。

情知此后来无计，强说欢期。一别如斯，落尽梨花月又西。

画堂春

一生一代一双人，争教两处销魂。相思相望不相亲，天为谁春?

浆向蓝桥易乞,药成碧海难奔。若容相访饮牛津,相对忘贫。

纳兰终究是柔弱的,还未解开绳缆,就雨打归舟。做不了一个策马江湖、恩怨分明的侠士,就做一个蘸墨挥毫、柔肠百转的词人。躲在锦绣的华屋里,酝酿几阕消瘦的相思,不是为了告诉世人,他是一个深情的男子,只是心中有难以言说的无奈。蓝桥下,究竟是谁守信,又是谁失约?

在江南,有个多情的女子,每日将高楼望断,只为等待那个远行的人有一天会再度打马而过,哪怕只是短暂停留,也会获得温柔的满足。沈宛让自己幽居在闺阁,拒绝和往日那些风流名士来往,为纳兰,守身如玉。见花落泪,望月伤情,这一切感思,只能付诸词中。她和纳兰,像一对同命鸟,衔着一颗红豆,此心不渝。

临江仙·春去

沈宛

难驻青皇归去驾,飘零粉白脂红。今朝不比锦香丛。画梁双燕子,应也恨匆匆。

迟日纱窗人自静,檐前铁马丁东。无情芳草唤愁浓。闲吟佳句,怪杀雨兼风。

相思令人老,其实不过一季,沈宛便觉得自己已经红颜老去。她曾对着高山,对着河流,对着脚下不变的土地,发誓此生老死在江南。可如今,她却愿意为纳兰丢弃梦里的江南,丢掉这座熟悉的城,为他付出整颗心。她希望可以和纳兰做一对凡夫凡妇,在人间尽情地吞噬烟火,再不必惆怅,有几多闲愁,似一江春水滔滔东流。

十年踪迹

有人说，若你想快点从悲伤里走出来，又觉得时光太慢，可以尝试用奔跑把悲伤落在后面。其实，这只是一厢情愿的想法，就像天空下着雨，奔跑也无益，倒不如闲庭漫步欣赏雨中的风景，或许可以找寻到另一段美丽风景。就如同缘分，在你无意之时，会有不期的相逢；在你有心之时，却会有注定的离别。如果思念一个人，就一定要努力争取相见，不要让等待荒芜了彼此。等待的时候，阳光会被黄昏吞噬，明月会被黎明带走，秋天会接替春天，岁月会更换容颜。

从江南回来之后，纳兰就让自己陷入了一种恍惚的情绪。他时而追忆过往,时而感伤现在,时而担忧未来。这一生,他跌进富贵的旋涡,不知如何瘦减满身的繁华;又迷失在情感的荒径,寻寻觅觅,找不到出路。为了这个高贵的身份,他失去了太多的自由,别人眼中的幸福,落在他的身上就是不幸。人若用情,像弹奏一曲流水弦音,想停止就停止,想重来就重来,那该会多么惬意。有时候,为了将就韶光,你泡好一杯浓茶,希望它可以慢慢品尝,却不知,它习惯仓促地喝一杯白开水。就像爱一个人,你每天为她准备好一束鲜花,却不知,她其实会对花粉过敏。

纳兰知道,他对沈宛心有亏欠,只是他不知道该如何安顿他们之间的情感,延续他们的缘分。错过了表妹,失去了爱妻,他不能再弄丢沈宛。她的才情,她的温柔,她的真心,他这一生一世再也不能遇见这样的女子了。他读经书,佛说,可以化烦恼为明镜,化悲痛为菩提。纳兰自问与佛结缘,读了这么多年经书,假装参禅,却不及渌水亭一株莲的性灵。佛讲前世今生、因果轮回,他很想知道,自己的前世究竟是什么,为何会有今生这样与众不同的情怀。可惜上辈子喝了孟婆汤,所有记忆都一笔勾销。

只有宿债，辗转到今生，还是要偿还。

这是一种逼迫，所以，纳兰这一生所经历的，都有因果，没有一次相逢属于意外。这些日子，纳兰在渌水亭修心养性，回忆前尘过往，整理自己的词集。这些年漫长的起伏与幻灭，都被一首首词道破心语。词中见证了太多的人事浮沉，世人所能看到的只是表象，只有纳兰自己知道，那里面究竟隐藏了怎样的秘密。那把开启秘密的钥匙，就藏在文字中，只是被他的心掌握。我们所看到的，只是一个尊贵的才子，一个为爱坠落的灵魂，用他冰雪的人格书写他分内的情感，采撷他命里的红豆。

采桑子

谁翻乐府凄凉曲？风也萧萧，雨也萧萧，瘦尽灯花又一宵。

不知何事萦怀抱，醒也无聊，醉也无聊，梦也何曾到谢桥。

采桑子

谢家庭院残更立，燕宿雕梁。月度银墙，不辨花丛那辨香。

此情已自成追忆，零落鸳鸯。雨歇微凉，十一年前梦一场。

虞美人

银床淅沥青梧老，屧粉秋蛩扫。采香行处蹙连钱，拾得翠翘何恨不能言。

回廊一寸相思地，落月成孤倚。背灯和月就花阴，已是十年踪迹十年心。

十年纳兰，十年风雨不由人，十年踪迹十年心。过往的一切，如梦一场，即便是梦，也要从头至尾做完，半途惊醒都算是人生的缺憾。像是满树的繁花，誓守生命的法则，直到碾落尘泥，才真正完成四季的故事。多少情怀已成追忆，纳兰几乎听得到过往时光碰撞的声音，记忆的残片落了一地。既然真实地拥有过，如今的残缺亦不算是遗憾，拾捡起来，封存在文字中，成为此生的珍藏。

纳兰之所以做一次彻底的回忆，是觉得过去的终究要有所了结。他不是一个不负责任的人，纵是残梦，也要和往事交代清楚。因为他不想背负太多上路，他无法欺骗自己，他怀想江南，思念沈宛。似乎交代好一切后就必须启程，无论结局如何，他都不能让自己清醒地辜负。他在江南种植了希望，就是为了将从前错过的找回，不是为了补偿，只是为了忠于真爱。纳兰知道，时光是淙淙流水，错过了，就不会回头。如果再给他一次完整的爱情，他会甘心，会满足。这时候，纵使佛不度他，他也可以涉水而行，到达有莲花的彼岸。

十年，纳兰似乎没有一点改变，除了失去两个深爱的女子，除了老去那么一点点容颜。其余的，一如既往。他还是名满京师的纳兰容若，他的词还在市井被争相传诵。他还是康熙身边的贴身侍卫，得到他的恩宠和赏赐。身份依旧，纳兰就是挪不开这个坚如磐石的职位。曾经与他同船共渡的人，早已扬帆去了远方，只有他，每日听着涛声依旧。这样的日子，多过一天，纳兰的心弦就扯得愈紧。他给朋友写信自嘲："弟比来从事鞍马间，益觉疲顿。发已种种，而执殳如昔。从前壮志，都已隳尽。"

三十岁，是一个盛年男子最风华正茂的时候，无论是事业还是爱情，或是家庭，都应该似南国草木，欣欣向荣——凭纳兰尊贵的出身，以及他这一路行来的出类拔萃。从神童到举人，又从举人到进士，再由进士到皇宫侍卫，那时的纳兰不过二十出头。作为纳兰明珠心爱的长子，康熙身边受宠信的臣子，之后的岁月，他应该青云直上，手摘明月，俯瞰人间。可纳兰没有，八年的侍卫生涯，根深蒂固。不过是耗尽了几载光阴，一朵花由开到落，一只蝉由生到死，四时流转，此消彼长。

纳兰每日穿着人人羡慕的锦衣华服在宫中往来，事实上，他需要一个手巧的裁缝，为他重新裁制一身换洗的衣裳。在这纷扰人间，有多少人甘愿为他人作嫁衣？也许一个裁缝毕生的心愿，就是寻一个合适的人量体裁衣，展现他人生至高的艺术。可往来风景匆匆，纵然相逢也多是擦肩，微渺的机缘可遇而不可求。纳兰希望，自己能够穿上一件合身的衣裳，轻盈自在地行走。也许这样，他便可以微笑地结束从前，将繁华还给昨天，将平淡留给自己。

用这么多年所谓的荣华，换一段真心的爱情，纳兰认为值得。也许抛弃了所有的功贵，他就可以回到最初的清白。就在纳兰打算孤注一掷，褪去这身他厌恶的锦服，离开金銮殿时，康熙又给了他些许生机。纳兰被提拔为一等御前侍卫，尽管还是没有脱离侍卫这个职位，但比之从前，纳兰的身份毕竟有了高度的转变。明珠府的盛大酒宴，百官的进贺，以及诸多御赐的物品，这些荣耀，对纳兰来说也许不是诱惑，而是再度束缚他自由的枷锁。

当朝中传出一些议论，说纳兰不会再长久地居于侍卫行列时，纳兰的心里掠过一丝惊喜。毕竟多年来，他为康熙鞍前马后，尽心尽职，艰辛付出，为了什么？父亲纳兰明珠对他的庇护与宠爱，令纳兰觉得自己肩上的责任重千斤。还记得纳兰十九岁那年，因初犯寒疾不能参加廷试，明珠心疼儿子，以他的尊贵，自是希望儿子早些成材，然而他却不给纳兰施加压力，如此包容，就是宠爱。

过后的这些年，纳兰结交寒士朋友，筑茅屋，在渌水亭与他们诗酒唱和，萧然自娱。倘若明珠是一位刻板无趣、僵化教条的封建家长，纳兰便没有机会过上一段悠然尘外的生活，维持他洁净的性灵，写出风雅绝俗的词章。

纳兰依旧停留在冠盖如云的京城，栖身于富贵繁华的明珠府花园。曾经以为在有水的地方，只要轻轻划过桨楫，就能看到杏花烟雨的江南。待他真的去了江南，才知道眼前的一切都是欺骗心灵的假象。撕下这张华丽的面具，纳兰不知道该用什么来维持这一灯如豆的相思。

第六卷　一世荣辱尽归尘

京师重逢

年岁过得久了,就像一杯隔夜的苦茶,因为长时间浸泡,味道虽在,芬芳却已荡然无存。许多人都喜欢从一杯茶里去品尝人生况味,去回首世事沧桑。如果相信前世今生,那么每个人其实都经历过千年风雨的冲洗。无论这些年你是花还是树,是人还是妖,又辗转了多少世,至少今生你真实地存在。尽管我们背负了许多逝去的时光,但青山绿水、花草树木、飞禽走兽都安然无恙,毫发无伤。当我们叹惋流年之时,应该为生命的坚持而感动。

合欢树下,一张竹椅,一杯清茶,纳兰容若坐在温暖的太阳下翻书,顺便教清风识字。他的身上,弥漫着一个盛年男子成熟的味道,就像他此时泡的第二杯茶,散发出浓郁的醇香。当他看到朱门一角长了浅淡的青苔时,忽然意识到,自己是一个提前苍老的男子,诗酒年华已在无意间将他抛掷。此刻,他只能在阳光下捡拾自己的瘦影。纳兰的意念里,一直有江南那个冰雪俏佳人的身影。他始终认为,他和沈宛在前世一定有过相逢,所以在今生初见时会有一见情深之感。

生查子

短焰剔残花,夜久边声寂。倦舞却闻鸡,暗觉青绫湿。

天水接冥濛,一角西南白。欲渡浣花溪,远梦轻无力。

采桑子

明月多情应笑我,笑我如今。孤负春心,独自闲行独自吟。

近来怕说当时事,结遍兰襟。月浅灯深,梦里云归何处寻?

一切都没有改变，他是词人，他的使命就是将散落如珠的文字穿成词章。思想为线，情感是针，记述人情世事，岁月风霜。回首过往，我们的忙碌并不能在时光中留下任何印记。而文字，却有着永不磨灭的记忆，它会记住你所有的前尘过往。纳兰就是以这种方式，让我们都记住了他，尽管这不是他的初衷，可我们却无法不让自己在一首首动情的词中沉迷。纳兰愿意做文字的奴，为它穿针引线、研墨点香，此生无悔。

他这两阕词，写尽对沈宛的相思，又怨怪自己多情，无端辜负春心。这些时日，纳兰依旧跟随在康熙身边，以尊贵的身份，大步流星地穿行在紫禁城，心里却卑微得如一只衔泥的燕子，不过是为了丰衣足食的生活，凡庸地忙碌着。一直以来，纳兰都认为自己有佛缘，亦有慧根，许是因为自己过于聪慧，所以才会提早看透繁华，淡泊功利。他以楞伽山人自称，在自己广阔又狭小的天地里恣意生活，酿造情感。

三生慧业，不耐浮尘。任何人，长久地尝饮了人间烟火，都不可能做到至真至纯，不敢说自己这一生都不为名利所扰、不为俗事所困。纳兰会如此矛盾,如此难舍,是因为他虽有一颗禅心,却终落红尘。他难以轻易拨开云雾,在满眼可见的繁华中修炼。碌碌难脱时,纳兰不免自嘲,誓做一个洁净的人,却离不开尘世的深水染缸。自诩多情,却总是负累佳人。他的心,长时间经受这些纷繁之事的纠缠,所以他只觉流光消逝太快,年华就这么仓促地老去。

燕子楼上,一个素衣生香的女子已经伫立许久。从清晨到日落,她都是以同一种姿态,朝同一个方向眺望,每一年春天,燕子也是从那个方向归来。这不是关盼盼的燕子楼,她等待的也不是白居易。她是沈宛,她在等待纳兰容若,那个在遥远京师的风云人物。她宁愿自己等待的是一个早出打鱼的渔夫,而自己是一个平凡的炊妇,偶尔也扯一匹黄昏的霞彩,做一件梦的云衫,与他一起在简陋的柴屋里共食粗茶淡饭。

一痕沙·望远

沈宛

白玉帐寒夜静。帘幌月明微冷。两地看冰盘。路漫漫。

> 恼杀天边飞雁。不寄慰愁书柬。谁料是归程。怅三星。

落花无言,她虽人淡如菊,可潮湿的青春却要等待被烘干。她不是炊妇,而是名满江南的歌伎,一个会填词作曲、抚琴弹唱的女子。纵然身着粗布素衣,也遮不住她的绝代风华;寄居茅舍柴屋,也掩饰不了她的端庄优雅。她为纳兰守身,离开秦楼楚馆,她的才名、她的《选梦词》还散落在江南的烟花柳巷,被人不厌其烦地传唱。宿命之绳,牢牢地将她捆绑,就算挣扎着解开,也带着终身无法磨灭的印记。

渌水亭中,纳兰将对沈宛的思念之情都倾诉给好友顾贞观。他不想做一个负心薄幸之人,所以他决意启程,再下江南,与沈宛双宿双栖。只是此番决定,意味着他的人生将遭受更大的破碎。百般无奈之下,顾贞观决定替纳兰下江南,将沈宛接到京师,再从长计议。解铃还须系铃人,当初纳兰从顾贞观口中听闻沈宛之名,对她生出好感。后机缘巧合,纳兰和沈宛在江南偶遇,结下这么一段刻骨情缘。

既是生死之交,就该为对方不顾一切,顾贞观轻舟直下,誓不负纳兰所托。当沈宛得知纳兰托顾贞观来接她上京城时,她没有丝毫犹豫,收拾简单的行囊,一卷词、一把琴,怀着满腹心事,毅然走出她曾誓死不离的江南。情到深处,可以违背过往的誓言,纵算会遭受惩罚,她也不管不顾。她必须自我放逐,披星戴月,一任风霜染就她的容颜,露水打湿她的裙衫,也要奔赴他的怀里。

那一夜,纳兰做了一个梦,梦见庭院枯死的海棠开放,梦里听见环佩叮当的声响。第二天晨起,他去了渌水亭,沈宛姗姗走至他的身旁,他才知道,原来好梦也可以成真。纳兰见到沈宛的第一句话是:"御蝉,你知道吗?你为我带来了整个江南。你就是江南,江南就是你。"这么一句话,令沈宛感慨万千,她深知,为这男子所做的一切抉择都值得。无论日后命运如何将她安置,是荣是辱,是甜是苦,她都甘愿接受。这一生,只爱这么一个男子;这一生,只毁这一次约;这一生,只为他生,为他死。

然而,冷酷的现实不会因为他们至死不渝的爱情而变得柔软。悬殊的地位,流俗的制约,不会因为他们的不离不弃而缩短距离,更换条例。纳兰回到相府,勇敢地说出他与沈宛相知相爱的一切，誓要与她结秦晋之好，携手白头。无论纳兰明珠夫妇对他有多宠爱，也无法违背律例让他们在一起。朝中多少人觊觎纳兰明珠的地位，若是纳兰容若此番棋错一步，闹得朝中沸沸扬扬，纵然不算什么大罪，也难免招来流言蜚语。更何况纳兰刚被提拔为一等御前侍卫，是皇帝身边的大红人，亦难免会有小人对此大做文章。毕竟沈宛不是普通的汉女，她的身上虽然没有刻着青楼女子的标志，但是以她在江南的名气，还需要别人去查探吗？

有情有义的纳兰，傲然不羁的纳兰，难道会因为世俗的偏见就如此软弱地罢休？倘若说他之前与矛盾抗争时也曾懦弱，那么这一次，沈宛放弃一切投奔他而来，他再不肯将她辜负。他不顾家庭阻拦，执意纳沈宛为妾。纳兰府容不下沈宛这个出身青楼的汉族女子，不允许她住进府里，也不承认她的名分。

纳兰负气，将沈宛安置在德胜门的一座别院里，跟她过起了恩爱的夫妻生活。他们是被情感喂养的人，既尝食了甜蜜的甘露，就该将此身交付给感情。无须承诺，他们将彼此捆缚在一起，系在轻舟上，任由江流将彼此放逐，为了爱，一往无悔。

姹紫嫣红

喜爱一个人，他就是塞北飞花，她就是江南烟雨。喜爱一个人，便愿意为他提壶煮茗，倾付所有；愿意为她策马扬鞭，独当江湖。喜爱一个人，与他相关的一草一木，皆有情有义；与她相关的一尘一土，皆有血有肉。喜爱一个人，漂泊的岁月亦是安稳，清苦的日子亦是甘甜。然而，情缘终有限，当一切成为过往时，当初的感觉再不是那般滋味。有些人，甚至会为拥有的曾经懊恼；亦有些人，会为往日的付出终生不悔。

纳兰和沈宛，就是为了彼此的爱情，敢于和尘世抗争到底，视死如归。他们在德胜门的小别院里，过着清淡却幸福的日子。因为没有住进纳兰府，沈宛也不曾获得真正的妾室名分，康熙知晓此事后，虽然没有表现出积极的态度，但也没有怪罪纳兰。事实上，康熙的沉默就是给纳兰最大的支持，使得朝廷上下没有出现太多的非议。而纳兰明珠也睁一只眼闭一只眼，对儿子的事假装不去过问。他们以温情征服了冷酷，用柔软瓦解了坚定。他们记得，在某一个午夜的梦里，有一株枯萎的海棠在流年的枝头绽放。

不需要嫁衣，沈宛扯一匹云裳，她就是纳兰最美丽的新娘。清简的别院，不及明珠府富丽堂皇，没有百官进贺，没有父母做主，但纳兰却收到一群知己热忱的祝福。这些江南名士性情风雅，个个都是纳兰的至交，受过纳兰无私的帮助。对沈宛这位江南名伎来说，他们亦是这京城里至亲的人。所以，他们不寂寞，比起那些华丽的宴席、喧闹的排场，这份清宁与温馨让他们心存感恩。

鸳鸯枕，新被上大朵的牡丹，都是沈宛亲手缝绣的。屋内，摆放着她的琴；桌案上，放着他们的词集，以及文房四宝。烛台上的龙凤红烛，闪耀着熠熠的灯花。透过半掩的窗扉，有清朗的圆月，几树垂柳在风中轻舞，像是如梦的江南。纳兰紧紧地将沈宛拥在怀中，他甚至不敢用力呼吸，害怕他的呼吸会将怀里的佳人融化。这是他生命中的第三个女子，他深刻地明白，沈宛是他灵魂深处的至爱。这样的爱，令他再也禁不起些许失去，所以他不能容忍自己有丝毫过错。他对着红烛、对着明月许诺，他将用生命来呵护这个女子。

纳兰告诉沈宛他和表妹青梅、爱妻意梅的情缘旧事，用他最平静的心情，讲述疼痛的过往。也许只有这样，他才可以让自己的心不那么愧疚。真的不是因为他辜负，而是岁月无情，将她们匆匆地从纳兰身边夺走。一个生离，一个死别，命运早在多年前就编排好一切，为了纳兰和沈宛的爱情，那两个女子，终究只是他生命里的过客。而沈宛亦没有把握，自己是否会成为纳兰最后一个女人。但她不在乎，哪怕只为他在今夜绽放，到明天，就丢失自己的城，被放逐在无人的旷野。这样的结局，她亦会快乐，只要让她将自己最美丽的华年留给他，她愿意一夜白头。

生查子

东风不解愁，偷展湘裙衩。独夜背纱笼，影着纤腰画。

蓺尽水沉烟，露滴鸳鸯瓦。花骨冷宜香，小立樱桃下。

采桑子

桃花羞作无情死，感激东风。吹落娇红，飞入窗间伴懊侬。

谁怜辛苦东阳瘦，也为春慵。不及芙蓉，一片幽情冷处浓。

我们对命运总是会有过多的埋怨，总喜欢将所有的不如意都归结于命运。似乎推卸掉责任，我们就是那个无辜的人，那个安分守己的人。事实上，命运的安排有苦有乐，有酸有甜，在不能抗拒的时候，我们只能平静地接受。这么多年，纳兰默默地接受了荣辱悲喜，不是无怨无尤，而是任何抵抗都是无谓的。佛教他放下，教他淡然，他没能做到。如今，他拥有了沈宛，竟可以这样满足，一个沈宛，补偿了他这么多年的愁苦，又何必再去与时光计较得失。他恍然明白，沈宛才是他的菩提，才是他的佛。

不知是谁说过，上苍夺走了你什么，就必定会归还你什么。当年，青梅表妹走了，意梅来了；意梅走了，却留给纳兰一个孩子。如今，纳兰又用几年的孤独换来沈宛的真心。他们在一起用灵魂对话，用生命相爱。并且，沈宛给纳兰带来了一个莫大的惊喜，她腹中怀了他们共同孕育的孩子。这个小生命，将延续他们的爱情，延续他们的才华。这个惊喜对纳兰来说亦是一种担忧，因为之前意梅难产而死，在他的心中造成了极大的阴影，他害怕心爱的女子会遇到这种悲剧的轮回。他将这一切罪恶归结在自己身上，因为是他让意梅怀孕，这些年他背负着意梅死去的情伤，常常在梦里痛得不能呼吸。

无论如何，他都应该以一颗祝福的心，期待小生命的降临。为此，他跪在佛前，求佛庇佑，不要再夺去他命里的唯一。脆弱如他，已经不能再经受任何失去，抵挡任何伤害。佛无语，其实佛在暗自垂泪，因为佛知道，一切已有定数。他可以护佑苍生疾苦，却不能更改天数；他是法力无边的佛，却也有爱莫能助的时候。佛知道，这一年，纳兰三十一岁。三十一岁，在一切都不曾到来的时候，纳兰正值盛年，风华无限。待经历过之后，才知道命运里藏着一段生死的玄机。

三十一岁这一年，确实是纳兰生命中不同寻常的一年，至少这一年的春天萌生了太多的惊喜。以往不曾开的花，都次第绽放；以往枯死的草，重新长出了新绿；以往落寞无助的人，找到了生机。就像纳兰，他拥有了至爱沈宛，尽管不能让她住进明珠府，不能给她完整的名分。他有了和沈宛的孩子，尽管还没有出生，但他愿意视等待为幸福。而他在朝廷的工作，亦似乎有了好的转变。

康熙二十四年（公元一六八五年）三月十八日，这一天正是康熙的生日，时称万寿节。康熙特地御笔书写了一首贾至的《早朝大明宫呈两省僚友》，送给纳兰容若。诗曰：

银烛朝天紫陌长，禁城春色晓苍苍。
千条弱柳垂青琐，百啭流莺绕建章。

剑佩声随玉墀步，衣冠身惹御炉香。

共沐恩波凤池上，朝朝梁翰侍君王。

一首《早朝》，引起了朝中诸多的议论，皇上既以"早朝"诗赐之，就意味着文武双全的纳兰要离开侍卫的行列，转做朝臣了。康熙要对纳兰托付以政事，委以重任。如果在从前，纳兰知道这样的消息，或许心头会掠过一丝欢喜，之后依旧会滋生落寞。可现在，纳兰身边有了沈宛，是她让纳兰寂灭的人生重燃了希望。他想到终于有机会摆脱这么多年的"家仆"职位，心中的欢喜自是不必言说。为此，他曾很欣喜地对朋友姜宸英说道："吾倘蒙恩得量移一官，可并力斯事，与公等角一日之长矣。"

可见纳兰对仕途亦有着寻常人的向往，只是名利对于他不是最重要的，与情爱和自由相比，他会毫不犹豫地丢弃名利，选择情爱和自由。然而，拨开云雾就真的能见月明吗？就如同看到阳光未必会有快乐，受到恩宠未必会有幸福。佛说，经过几百年甚至几千年的修炼，才可以得成正果。纳兰经受了这么多年的煎熬，真的修成正果了吗？每个明天都是未知的，纵是顺水行舟，也还是要投石问路。

这些日子，纳兰喜欢捧读经书，他似乎明白，处大繁华的人，心怀大寂寞。也许是因为太多的惊喜让命运一波三折的纳兰有些不适应，他内心深处有一种慌乱的预感，总觉得会有什么事情发生。可这个春天姹紫嫣红、莺歌燕舞，每一朵花都在微笑，每一只鸟儿都在筑梦，每一个人都在沐浴幸福的春光。

寂掩重门

春光是一条河,你在岸的这边,流连于风姿万种的烟花三月,看一只忙碌的燕子衔泥筑梦,看一片清淡的云悠闲飘逸,或是喝一杯山茶花的清露,在阳光下打个盹,就已经错过彼岸的船。站在春天的渡口,手中握紧一张过期的船票,又该登上哪一艘收留你的客船?

纳兰让自己沉浸在绚烂的春光里,和沈宛过着诗意散淡的日子,用他温润的笔填满每个写意的空间。渌水亭、花间草堂、德胜门别院,都是纳兰世俗的天堂。他以为时光早已将他打磨得薄脆,其实青春依旧醒着。过往的忧伤似乎在春天隐去,或者被阳光蒸发，总之，他呼吸的时候已经闻不到忧伤的味道。这就是春天，给爱做梦的人以幻境，给听到风的人以清凉，给喜欢雨的人以潮湿。

这应该是纳兰感到最幸福的一个春天。三月，沈宛为他带来了整个江南，从此，他就可以在京师做梦，江南就在身边，触手可及。这是一个词人灵魂深处最真的向往，曾经错过春天，错过芬芳，如今得到前所未有的满足。他是真的相信了地老天荒，他必须相信，因为沈宛为他抛弃了一切。这段爱情，是他们一砖一瓦筑起来的，他们要将院墙过到苔藓斑驳，要将青春过到风霜满鬓，要将一杯茶喝成白开水。纳兰是沈宛的《选梦词》，沈宛是纳兰的《饮水词》，他们在词中相依为命。

四月，康熙的恩宠虽是一张还没有兑现的支票，却给了纳兰无限期许。也许只有忍过煎熬的人才会明白，近十年的等待是多么苦痛。纳兰以文武全才的身份中榜，他有着明珠长子的尊荣，有着温润如玉的容貌，有着出类拔萃的才华，康熙却给了他漫长的九年侍卫生涯，康熙比任何人都明白纳兰的才情，却刻意地疏离。纳兰心有怨尤，却为他鞍前马后，唯恐有任何疏忽。如此尽心，换来的不过是一些小恩小惠，纳兰想要的荣光离得太远。真的是康熙辜负了他吗？若论纳兰的性情、胆识、才干、谋略等等，也许他真的不是那么适合，不适合站立在朝堂之上，周旋于百官之中。纳兰一生的使命，注定与朝政无关。

五月，牡丹落尽了最后的花朵。虽然花开花落寻常，可芳菲尽，意味着春将淡去。任你有多少华美的生命，完成了使命，终究劫数难逃。花之将死，还有预兆，或是风雨摧折，或是岁序将至。人之将死，却有太多不可预知的意外。人的生命有如草绳，坚韧时百折不挠，脆弱时不堪一击；又如灯火，明亮时可点燃整个夜空，孤寂时说灭就灭了。

这个春天的确算是纳兰平生一段快乐的日子，他和顾贞观、梁佩兰、姜宸英等几位知心朋友，欢聚花间草堂，饮酒赋诗，相谈甚欢。这么多年的交情，纳兰的心事，唯有他们知晓。如今纳兰的生活终于有了好转，他有了沈宛，有了期待。前尘过往，都落在一盏酒中，被一饮而尽。纳兰在诸多朋友当中属年纪最小的，可他却是当中觉悟最早的。佛说，一个人的才学，一个人的慧根，在于他的悟性。有些人,走过漫长的岁月,看过人生百态,却还是悟不出一个简单的道理。有些人,只在红尘中浅淡地走一回,却可以在一粒微尘中悟出宿命的玄机。

这一晚,纳兰喝的是他生平最爱的青梅酒。不仅因为他和表妹那段青梅竹马的旧事,还因为那段青梅煮酒的佳话,青梅酒,有美好的寄寓。前尘过往,都在一杯酒中咽下,让这些平日里儒雅的文人,亦有种快意恩仇的旷达。无论这世间多么污浊,华清的月光下总还有一个不受浸染的灵魂,一颗纯净美好的心。纳兰用平静的心,写了一首《夜合花》。

> 阶前双夜合,枝叶敷华荣。
> 疏密共晴雨,卷舒因晦明。
> 影随筠箔乱,香杂水沉生。
> 对此能销忿,旋移迎小楹。

是夜,纳兰亲手种植的合欢树死了,那株枯死的海棠却开得甚欢。都说草木的一生，是春萌秋萎；人的一生，是生老病死。原来，一夜之间也可以风云变幻，乾坤颠倒。生命是一个华丽的泡影，一个浪花就可以将之湮没。物极必反，情深不寿，看似没有任何征兆，事实上却波涛暗涌。莺啼燕、花团锦簇是盛春的事，一去便不复返。

纳兰病了，病的没有因由。以往犯寒疾，都是因为心情压抑，遭受打击，诱发而起。可这些日子，每一天，每一刻，都流淌着幸福。唯一的理由，就是纳兰生命的秋季提早到来了。他流连于明媚的春光，耽搁了渡河的客船，被时光遗落在昨天。人生原本就变幻无常，倘若祸福可以预测，人间就不会有那么多悲剧。

尽管纳兰病着的时候，有沈宛昼夜不离地照顾、相陪，沈宛不惜解开衣襟，将她所有的温暖都传递给纳兰，可是寒疾，那浸入骨髓的冷，撕心扯肺的痛，仍然不断袭来。纳兰像一只蚕蛹缩在他的茧内，一切挣扎都是徒然的，他人生的空间有限。对于一个病弱的人，又何苦去要求他支撑着坚强对你微笑。你担心他在茧内迟早要闷死，难道用剪刀剪开他的茧就是仁慈？

情感是人间最美的炼狱,不是所有的两情相悦都能够换来与子偕老。所有的业报,都是几世的积累,该索取的索取,该归还的归还。纳兰在自己的茧里被丝越缠越牢,等到打成死结的时候,或许他这一生就再也走不出来了。

浪淘沙

清镜上朝云,宿篆犹薰。一春双袂尽啼痕。那更夜来孤枕侧,又梦归人。

花低病中身,懒画湘文。藕丝裳带奈销魂。绣榻定知添几线,寂掩重门。

纳兰用三十一年的诗情,换来清晰的寂寥。病里看到隔世的红颜走进镜中,脸上挂泪,不知是在对他召唤还是告别。他不知道命运在给他传递什么消息,试图找一枝早荷来盘问,却连起床的力气也没有了。纳兰微笑着安慰沈宛,告诉她,这寒疾的病,他已习以为常,有那么些时日,熬过去就好了。如果说以往的纳兰是个颓废的人,如今的纳兰则责任在身,他想着,还没有好好地安置沈宛,还没有见到孩子出生,他不能死。

他不是一个愿意争的人,亦不愿求。若有命,他会珍重以后的岁月,和心之所系的人朝夕相伴,每日共同写就一首小词。若不幸,他亦坦然离开,和逝去的红颜遇合,还清他今生所欠的债。这几个恍惚的日子里,纳兰总是做梦,一生爱过的人,一生发生的事,仿佛都来到眼前。他伸手想要抓住什么,浮世却如风一样飘走。他人生过往的书页,被风一页页翻过,又被岁月无情地撕下,到了这个暮春,后面的空白他是否还能填满?

在纳兰病重期间,最忧心如焚的是父母,是沈宛,是好友。就连康熙也派遣中官侍卫和御医,"络绎至第诊治"。这么多温暖,不知道能不能将他冰冷的身子焐热。每一天,纳兰都珍惜晨起时看到的第一缕阳光。他原来一直喜欢月亮,如今才发觉阳光是这么好,那一束束光线,朝不同的方向折射,千缠百绕。还有弥漫在阳光中的粉尘,缓缓地落在窗台、桌案、琴弦上和花瓶里,原来这些纷芜的凡尘俗事,是这样让人眷恋。

他的觉悟，是不是太迟？就像康熙赐予纳兰的浩荡皇恩，是否来得太迟？当一个人富有到可以捧着大把大把的光阴任意挥霍的时候，会觉得用任何一种方式生存都是折磨。然而，当一个人贫瘠到连一粒一粒粉尘都想要珍惜之时，会觉得世间万物的一起一灭都是诱惑。

缘尽魂断

都说佛祖是慈悲的，他总是以拈花的姿态，微笑地看着世人。在无法拯救世人的时候，佛亦会冷眼相待，看着悲也漠漠、喜也漠漠的红尘。生命的历程有阳光，也会有阴雨。阳光下，天高云淡，干净的湛蓝会让人忘记所有的悲伤。正是因为信任了阳光的明朗，而忽略了烟雨的惆怅，所以不知道烟雨下所有的温暖和美丽都会被打湿。有人固执地将云彩织成锦衣，以为披着它就可以无惧江湖风雨。有人平静地拾落英酿成美酒，只为让年华来一场彻底的宿醉。

人生就是一部戏剧，那些欢闹的喜剧，总是容易让人看过就忘记，只有悲剧可以流传千古，在世人的心中永不谢幕。我们都是沿着生命之路拾荒的人，在充满迷幻的尘世找寻自己需要的风情。走到无路可走之时，就安静地停留在杳无人迹的山岗上，从此远离乱世风烟。其实这样的结局也算不上悲剧，每个人都要面对生命荒芜的那一天，只是有些人的路长些，有些人的路短些而已。但是路终有尽头，没有谁可以背着行囊永远在世间流离。人生所有精彩的过程都是浮光掠影，你记住也好，忘记也罢，到停止的那一刻，得失都不再重要。

纳兰的病愈发重了，这一次，和以往不同。不同在何处，或许只有他自己明白，他内心有一种不祥的预感，那种感觉越来越清晰。他想起给亡妻写的那首词："滴空阶、寒更雨歇，葬花天气。三载悠悠魂梦杳，是梦久应醒矣。料也觉、人间无味。"接连几天的阳光，就这样无声无息地消失，纳兰的生命走到了雨季，到了葬花季节。以往他觉得人间无味，如今躺在病榻上，却眷恋人间的一切烟火，然而此番眷恋似乎太迟。

算不上亡羊补牢，只是一个寒冷的人需要点火生暖；只是一个病弱的人想要找回从前的健康；只是一个心中藏满了情爱的人，需要延续时间来完成今生的夙愿。生命的长短早已注定，没有谁可以轻易延长或删减半分。他要离去，是任何力量都不能挽回的，就像匆匆的时光，谁可以将它拦截，叫它为某个人戛然止步？也许一个绝世独立的人，注定要提前离开这纷乱的浊世，只有这样，才可以完成一段落英缤纷的凄美历程。

纳兰这一病，仅七日，七日后，他就离开了人世。离世的那一天，是康熙二十四年五月三十日（公元一六八五年七月一日）。一个寻常的日子，因为一个叫纳兰容若的人死去了，从此就再也不寻常。他走得那么决绝，不留丝毫商量的余地。就像一枚叶子，决然地坠落，尽管它也留恋枝头，可是它必须赶赴死亡。纳兰是那个行至悬崖峭壁边的人，回头无路，他唯一的路就是纵身一跃，梦断尘埃。纳兰死在他爱的人怀里，死在沈宛的怀里，沈宛是他的江南，是他此生最唯美的梦。沈宛想要将所有的温暖都传递给他，可他无从接受；沈宛想要将此生都托付给他，可他要不起。

是他亲手拨断了自己生命的琴弦，他渴望人生的书可以翻回到前页，可是过往早已被岁月撕毁。纳兰闭上眼睛的那一刻，想要看一只蚂蚁在秋深的午后觅食,想要看一头水牛在田埂上悠然信步,想要看北京城外一户普通的农家屋顶上袅袅的炊烟。多么简单的愿望,都无法得到满足,有时候,一个至雅之人却有着至俗的心愿。纳兰一生的心愿,就是不做人间富贵花,要离开一切繁华,回归自然,平凡而诗意地栖居。

他没能做到,这些年,他一直在爱恨中交织,在喧嚣与冷寂中纠缠,在得到与失去中取舍,在驻足与离去中徘徊。他其实就是天上一颗洁净的星子,被遗落在人间,所以,任凭他如何去努力、去逢迎,都无法与红尘叠合在一起。死去的人带不走光阴,带不走这世间的一尘一土。纳兰心有不舍,他无力地看着沈宛,连一句对不住的话也说不出口,只能流下伤情的泪。这尘世的荣辱,他都可以割舍,让一切归尘,唯有沈宛对他的情,是他永远都还不了的债。

谁说纳兰临死的时候不曾留下任何话语,他留话了。他对活着的人说,他只要一个简单的葬礼,给他一座简单的丘冢。以后谁也不要在他的坟前打理,他只希望人间绿茵茵的草木可以覆盖这苍茫的一生。是的，一生苍茫，在风烟里行走，最后消失在茫茫风烟里，不留下一丝痕迹。纳兰归还了情感，交付了词卷，收起他的佩剑，接受一抔黄土静静的拥抱。

闭上眼睛的那一刻，纳兰就已经不知道疼痛。而那些活着的人，却要永远沉浸在悲伤里，日日夜夜被这道伤痕痛醒。闻听纳兰去世的噩耗，"哭之者皆出涕"。之所以会哭得如此动容，是因为纳兰生前对朋友情深义重。"为哀挽之词者数十百人，有生平未识面者"，名满京师的纳兰，才华横溢的纳兰，他的英年早逝，带给世人无限的哀伤与不尽的惋惜。这样热情的追悼，让死亡也有了暖意。

康熙听到纳兰的死讯，亦悲痛万分，他派出皇家代表前去祭奠，"恤典有加"。一个跟随了他九年的贴身侍卫，一个他曾视作知己的人，他恩宠过的臣子。也许许多人不明白，康熙为何不去纳兰府，点上一炷心香，为纳兰的亡灵送行？难道真的因为他是九五之尊，有着至高无上的荣光，不肯俯视一粒尘土吗？还是他也怕面对这样的失去，怕看到自己仓皇的寂寞？他失去了什么？失去了一个为他试马突围的人，一个为他卷袖煮茗的人，一个为他填词作赋的人；失去了一枚用惯了的棋子，以及一直佩戴在身上的那块美玉。他曾经不给纳兰名利，如今就算他想要用名利的绳索将纳兰捆绑，也做不到了。

纳兰离去，最痛心的莫过于沈宛，她怀着纳兰的骨肉，却无所依靠。她为他舍弃江南，奔赴京师，只换来一段简短的日子。上苍有时比人还要吝啬，斤斤计较每一寸光阴，不容许任何一个人的收获比付出多。既做出了抉择，就当无悔，沈宛将自己的一切作为赌注，她不是一个输不起的女子。所以，当众人以为她会不堪一击时，她却比任何人都要坚强。那种誓死不悔的平静与无畏，带给人一种潮湿的感动。爱到极致，便真的无畏，无牵。死亡只不过是一种形式、一个过程，它是一把锋利的刀，可以斩断生命，却斩不断深重的情义。

然而，有那么一个女子，在纳兰死后，愿伴随他而去。她是纳兰的表妹青梅，深居在紫禁城的康熙的爱妃。此生，她认定自己和纳兰是两株生长在一起的树，一起沐浴阳光，一起承接雨露，一起与天地和合，他们的根茎早已牢牢地交缠，不能分开。所以，当一株树死了，另一株必定要枯死。这是一种生命的法则，她无法挣脱，也不想挣脱。她要寻觅那个孤魂，不忍他独自落在荒寒的旷野里。

蝶恋花

辛苦最怜天上月，一昔如环，昔昔长如玦。但似月轮终皎洁，不辞冰雪为卿热。

无奈钟情容易绝，燕子依然，软踏帘钩说。唱罢秋坟愁未歇，春丛认取双栖蝶。

蝶恋花

眼底风光留不住，和暖和香，又上雕鞍去。欲倩烟丝遮别路，垂杨那是相思树？

惆怅玉颜成间阻，何事东风，不作繁华主。断带依然留乞句，斑骓一系无寻处。

何事东风,不作繁华主。老去的垂杨,是否还能系住一份无望的相思?窗外銮音响起,嗒嗒的马蹄声已远去,原来他不是归人,而是过客。他决绝地转身,将那个痴痴等候的人,抛掷在乱世红尘,独尝烟火。

一生归尘

生命对某些人来说，原本是件忧伤的事，是场无可奈何的错误。就像一只美丽的蝴蝶误落了尘网，一苇渡江的小舟泊错了港湾，一株洁净的花木开错了季节。当生命走至尽头的时候，会觉得多年跋涉，原来只是为了赶赴一个灿烂又落寞的结局。当我们看到眼前的桑田就是曾经的沧海，看到如今的世事就是过往的云烟，看到今朝的诀别就是昨天的相聚，其实，不过是将人间的一切幻境双手归还。这样想着，是否就可以从容那么一点点？

一个人死去，生前的爱恨情仇、荣辱悲欢，都归入尘灰。待一切都寂灭，是否就再也没有未来？不是这样的，这世上，有些人会将你慢慢遗忘，而有些人则会永远记得你。古往今来，多少王侯将相、文人墨客，甚至平民布衣，有些留存在史册上，有些散落在风云中，有些掩埋在尘土里。可总会有人将他们记得，记得脚下的每一片土地都曾经留下过先人的足迹，记得滔滔流淌的江河曾经有过百舸千帆的争渡，记得巍峨耸立的高山承载了多少世人许诺的誓言。这一切，都是他们人生的延续，是他们遥远的未来。

就如同纳兰，他虽离去，但是他的未来一直在延续。他爱的女子沈宛，为他产下了幼儿。这个叫富森的遗腹子，名正言顺地归入纳兰世家的族谱，并得以善终。这对于一生坎坷的纳兰，算不算一种柔软的安慰？至于那个叫沈宛的女子，纳兰家族是定然不会接受她的，骄傲如她，也不屑于明珠府的一瓦一檐。

当年暮秋，沈宛产下了她和纳兰的孩子后便不知所踪。她应该是寄身于一叶扁舟，顺流而下，收留她的地方，是江南。失去了纳兰，京师对她来说已经没有任何眷念。一个人，去了一个本不属于自己的地方，纵算没有掠夺，终究还是会被驱赶。她能带走什么？什么也不能带走，不过是将落花还给了流水，将春天托付给了秋天。

朝玉阶·秋月有感

沈宛

惆怅凄凄秋暮天。萧条离别后,已经年。乌丝旧咏细生怜。梦魂飞故国、不能前。

无穷幽怨类啼鹃。总教多血泪,亦徒然。枝分连理绝姻缘。独窥天上月、几回圆。

这个叫沈宛的女子,幽居在江南深深的庭院里,再不与人往来。她只想做一个普通的炊妇,为她死去的丈夫誓守一生的信约。她的院子里,荒草恣意生长,青藤爬满院墙,一口枯井被落叶覆盖。每天,咀嚼一页纳兰的《饮水词》,捧着回忆度日。她不会让自己那么快就死去,她要活到白发苍苍,用一生的岁月,记住她和纳兰的爱恋,和他的词相爱,与他的魂相依。这就是纳兰至爱的女子,一代江南名伎,她的爱,自是与寻常女子不同。她将整颗心掷入玉壶,不让自己回头,就是爱得这么孤傲,爱得这么决绝。

　　纳兰简短的一生,留下一个漫长的故事。以至于过了三百多年,他的风云故事依旧被人痴痴地讲述,尽管每一次都会有凉意拂过心间。是一卷《饮水词》的凉,一株合欢树的凉,一种熨帖心灵却又遥不可及的凉。也许每个人都该平静地将他怀想,因为我们没有理由经历了三百多年的风烟,再去惊扰他的宁静;没有理由去撕扯他费了三百多年才愈合的伤口,让伤口再度流血疼痛。也许我们该做一个慈悲的人,将他的前尘过往煮成一壶清茶,让芬芳缓缓地从唇齿间流过。

　　都说人与人的相识是一份机缘,万千的人,万千的风景,只有渺小的几段故事与自己相关。其余的,连邂逅都不会有。我们不辞万水千山去寻觅,却总与风景擦肩。在许多无意的时候,又会遇到一些巧合。为什么这世间有如此多的人会与纳兰结缘,深刻地记住纳兰容若这个名字? 不是因为他生在权贵之家,不是仰慕他的功名,让世人难忘的,仅是他一生的几段情爱,是他的《饮水词》,是他不与世同的心性。

这是一个让人心动的词人，他不是佛，但他的词却可以让人放下罪恶，懂得慈悲，让冷酷的心随之柔软。他是一面有魔法的镜子，我们看到的不是自己的容颜，而是内心的独白；他是一本情感书籍，每个人都可以在其中查找自己所要的章节和语句；他是一株有佛性的菩提，让我们记住每一朵花的芬芳，每一枚叶子的故事，每一滴水的含容。

自古以来，诗人词客就如同满天的星辰，数不胜数。他们留下厚厚的诗卷，供后人品读，可是备受世人喜爱的却少之又少。有多少人的诗卷被我们用来当火引子，点燃柴薪，只为烹炉煮茶，闲话古今。亦有许多人的诗卷被我们深深地收藏，并且用一颗温柔的心剪一弯月亮，裁一瓣清风，撷一朵白云，夹进书页，只为留存更多的美好。

纳兰容若的《饮水词》就是这般被世人珍藏着，痛惜着，感动着，连同他的一生。一个纤尘不染的词人，被我们带入最深的红尘、最深的江湖，亦可以披风抹月，认领天下。他不是命运的囚徒，他的水墨会顺着时光流淌，让每个有缘人都尝饮一遍，苦过之后，自然回甘。总以为他放下些许冷傲，就可以和我们一样，拥有平淡的今朝，却不知，昨日的烟火在记忆深处总是明灭难消。当我们以为他离我们很远的时候，他的影子就在身边日夜缠绕；当我们以为他离我们很近的时候，他已经隔了迢遥山水。

纳兰这一世，在词中为尊，却做了情感的奴，做了生命的奴。他离去，是为了还清那笔债，赊账度日、苟且偷生不是他所为。是否多情之人总是将生命挥霍得太快，诗鬼李贺、六世达赖仓央嘉措、半僧半俗的苏曼殊，他们都是在红尘中匆匆游历一回，便迫不及待地离去。还有许多薄命红颜，命如桃花，用青春做献祭，将领取的、收获的都归还给泥土，归还给江河。

纳兰出生在腊月，寒梅开放之季节，死于五月，应和了那句诗——江城五月落梅花。一切皆有因果定数。他一生坚信自己与佛结缘，所以我们应该把他带到佛前，让佛给他一方净土，使他的灵魂可以诗意地栖息。不知道这样自作主张的安排，算不算一种平和的善举，一种懂得的仁慈。

三百多年就这样漫不经心地过去了，来不及道一声珍重，也没有许下任何约定。三百多年，不过回首的刹那，此岸到彼岸的距离，秋天到春天的流转，月圆到月缺的轮回，又能有多远？三百多年里，每一天都有人走进词卷，将他寻找。每一天，都有人在问：

"你认识纳兰容若吗？"

"认识，他被封存在一册叫《饮水》的词卷中，不知道还能不能走出来。"

"何谓'饮水'？"

"据说北宋一位高僧曾云：如人饮水，冷暖自知。"

"原来如此。云水生涯，不是梦；潋滟人生，不成空。"

从一出戏的开始，到一出戏的落幕，谁都不是主角，又都是主角。因为台上的人演绎的是台下人的寂寞悲喜，而台下的人看到的是台上人的云散萍聚。尘缘尽时，真的再没有什么值得去悲痛。一代词人纳兰容若的离去，不过是荒野之外多了一座坟墓；不过是寥廓的苍穹收回了一颗星子，无垠的大海收回了一尾鱼儿，茂盛的森林收回了一棵树，浩渺的天地收回了一粒尘土。

附录

纳兰容若年谱

◎ 顺治十一年甲午（公元一六五五年）

农历腊月十二日，公历一六五五年一月十九日，纳兰成德生于京师，满洲正黄旗人。

纳兰父，纳兰明珠年二十岁。纳兰母，觉罗氏。

是年农历三月十八日，清圣祖玄烨生。

◎ 一岁　顺治十二年乙未（公元一六五五年）

秦松龄中进士，授检讨。

◎ 二岁　顺治十三年丙申（公元一六五六年）

是年春，吴伟业任国子监祭酒。

七月，龚鼎孳谪赴广东。

◎ 三岁　顺治十四年丁酉（公元一六五七年）

是年冬，顺天、江南等五闱科场舞弊案发。

◎ 四岁　顺治十五年戊戌（公元一六五八年）

吴兆骞因科场舞弊案被判抄家流放。

是年农历九月初七日，曹寅生。

◎ 五岁　顺治十六年己亥（公元一六五九年）

叶方蔼、徐元文中进士。

◎ 六岁　顺治十七年庚子（公元一六六〇年）

徐乾学中顺天乡试举人，顾贞观在江阴会查继佐。

◎ 七岁　顺治十八年辛丑（公元一六六一年）

正月，清世祖崩，玄烨即位。以鳌拜等四人为辅政大臣。

是年，明珠改任内务府郎中。

冬，吴三桂擒获明永历帝，残明政权灭亡。

◎ 八岁　康熙元年壬寅（公元一六六二年）

郑成功卒于台湾。

◎ 九岁　康熙二年癸卯（公元一六六三年）

庄廷钺明史案发。

◎ 十岁　康熙三年甲辰（公元一六六四年）

明珠升任内务府总管。

◎ 十一岁　康熙四年乙巳（公元一六六五年）

顾如华上疏言，建议广搜稗史，以备纂修《明史》。

◎ 十二岁　康熙五年丙午（公元一六六六年）

四月，明珠升任内弘文院学士。

◎ 十三岁　康熙六年丁未（公元一六六七年）

纳兰得董讷教授，学业大进。

七月，圣祖亲政。

九月，命纂修《世祖章皇帝实录》，以明珠等为副总裁。

◎ 十四岁　康熙七年戊申（公元一六六八年）

九月，明珠升任刑部尚书。

◎ 十五岁　康熙八年己酉（公元一六六九年）

五月，鳌拜褫职。

六月，明珠等奉诏招抚郑经。

七月，明珠解刑部任。

九月，明珠改任都察院左都御史。

◎ 十六岁　康熙九年庚戌（公元一六七〇年）

徐乾学中进士，授编修。

◎ 十七岁　康熙十年辛亥（公元一六七一年）

纳兰补诸生，贡太学。时徐元文为国子监祭酒，深器重之。

◎十八岁　康熙十一年壬子（公元一六七二年）

八月，纳兰中举人。

是年，明珠改任兵部尚书。

◎十九岁　康熙十二年癸丑（公元一六七三年）

二月，纳兰会试中试。

三月，纳兰患寒疾，未与廷试。

◎二十岁　康熙十三年甲寅（公元一六七四年）

五月，皇子保成生。

是年，纳兰娶卢氏，纳颜氏。

◎二十一岁　康熙十四年乙卯（公元一六七五年）

十二月十三日，保成立为皇太子。因避太子讳，改名性德。

是年，颜氏生纳兰长子富格。

◎二十二岁　康熙十五年丙辰（公元一六七六年）

三月，纳兰补殿试，中进士。

年初，皇太子保成更名胤礽。复称成德，不再避讳。

春夏间，顾贞观入京，识纳兰。

◎二十三岁　康熙十六年丁巳（公元一六七七年）

卢氏生一子，产后患病，卒。

秋冬间，纳兰始任乾清门三等侍卫。

◎二十四岁　康熙十七年戊午（公元一六七八年）

七月，葬卢氏于京郊皂荚村。

八月，吴三桂死。清军全线反攻。

◎二十五岁　康熙十八年己未（公元一六七九年）

夏，纳兰邀诸友渌水亭观荷。

八月，京师地震，明珠遭弹劾。

◎二十六岁　康熙十九年庚申（公元一六八〇年）

继娶官氏。

◎二十七岁　康熙二十年辛酉（公元一六八一年）

十二月初，姜宸英入京，投宿慈仁寺。

◎二十八岁　康熙二十一年壬戌（公元一六八二年）

正月十五，纳兰与朱彝尊、陈维崧、顾贞观等共聚花间草堂，饮宴赋诗。

◎ 二十九岁　康熙二十二年癸亥（公元一六八三年）

夏秋间，吴兆骞返京，与纳兰研习《昭明文选》。

◎ 三十岁　康熙二十三年甲子（公元一六八四年）

九月，顾贞观携沈宛赴京。

岁暮，纳兰纳沈宛为妾。

◎ 三十一岁　康熙二十四年乙丑（公元一六八五年）

三月十八日圣祖诞辰，书贾至《早朝》诗赠纳兰。

五月二十二日，纳兰与梁佩兰、顾贞观等饮酒赋诗。

五月二十三日，纳兰得疾。

五月三十日，纳兰七日不汗，病故。

身后：

◎ 康熙二十四年乙丑（公元一六八五年）

秋，沈宛生遗腹子富森。

◎ 康熙二十五年丙寅（公元一六八六年）

纳兰葬于京郊皂荚村。

◎ 康熙二十七年戊辰（公元一六八八年）

明珠罢相，任内大臣。

◎ 康熙四十七年戊子（公元一七〇八年）

明珠卒。